KB070443

온
마음을
다해
디저트

온 마음을 다해 디저트

김보통 쓰고 그림

한겨레출판

책을 펴내며

갓 초등학교에 입학했을 무렵의 일입니다.

집 앞 슈퍼마켓에는 사탕으로 쌓아올린 산이 있었습니다. 계피맛과 콜라맛, 포도맛 등 다양한 사탕을 가득 담아놓고 개당 십 원씩에 팔았습니다. 어느 날, 저와 동생은 그 사탕을 훔치기로 했습니다.

계획은 이랬습니다. 우선 동생이 먼저 가게에 들어가 손님이 많은지 살핍니다. 사탕 봉우리가 있는 곳은 어린 저의 손이 가까스로 닿았기에 손님이 없을 때가 안전하다 생각했습니다. 다음으로는 카운터를 보는 점원이 무서워 보이는 사람인지를 확인합니다. 만만하게 생긴 사람이라면 알아채지 못할 거라 얕잡아 봤습니다.

정찰을 갔다온 동생은 말했습니다.

"지금 사람 없고, 아줌마도 착하게 생겼어."

하늘이 도왔던 것일까요. 사탕을 훔치기에 최적의 상황이라 판단한 저는 떨리는 가슴으로 슈퍼마켓에 들어섰습니다. 두렵지는 않았습니다. 실패할 리가 없었기에 살짝 흥분한 상태였습니다.

이윽고 사탕이 쌓인 곳 앞에 섰습니다. 이제 손을 뻗어 사탕을 쥐기만 하면 되는 순간이었습니다. 그래도 혹시나 싶어 곁눈질로 카운터 쪽을 살펴보았습니다. 다행히 점원은 멍 하니 다른 곳을 보고 있었습니다. 그때를 놓치지 않고 저는 전광석화 같은 손놀림으로 사탕을 한 움큼 손에 쥐어 잽싸게 주머니에 넣었습니다. 가능한 맛대가리 없는 누가맛 사탕만은 피하려 했지만 한두 개쯤은 섞여 들어간 것 같았습니다. 하지만 괜찮았습니다. 이미 주머니 속엔 사탕이 가득 들어 있으니까요. 뿌듯했습니다. 하지만 아직 긴장을 늦출 때는 아니었습니다. 의심받지 않고 이곳을 벗어나야 했으니까요.

아무것도 사지 않고 나가도 상관은 없지만, 완벽을 기하고 싶었습니다. 그래서 낱개로 팔던 빅파이를 하나 집어 들었습니다. 이십 원이었습니다. 어쨌든 빅파이를 덜렁 손에 들고 카운터로 다가가 점원에게 내밀었습니다. 점원은 말없이 빅파이를 한 번 보고는 제게 말했습니다.

"주머니에 든 건 뭐지?"

저는 기겁했습니다. 알아챌 리가 없는데 들켜버리고 만 것입니다. 있을 수 없는 일이었습니다. 저도 호락호락하지는 않았습니다.

"주머니요? 아무것도 없는데요?"

저는 입에 침도 바르지 않고 거짓말을 술술 했습니다. 당신의 완벽한 착각이라는 것을 증명하기 위해 오른쪽 주머니를 뒤진 후 빈 손을 꺼내어 쥐었다 폈다 하며 아무것도 없음을 보여주었습니다. 사탕은 왼쪽 주머니에 들어 있었습니다. 그 능수능란함에 스스로 감탄했지요. 그러나 점원 역시 보통내기가 아니었습니다.

"그쪽 말고. 왼쪽."

피가 식는 기분이었습니다. 물론 그때는 그런 말을 알지 못했지만, 이제 와 생각해보면 그 말만큼 당시의 제 심정을 정확히 표현할 수 있는 말이 없습니다. 저는 다시 한 번 손을 넣었다 꺼낸 뒤 "없는데요" 전략을 써볼까 싶었지만 이내 그만두었습니다. 도둑이 되기 싫어 바보가 될 수는 없는 노릇이었으니까요.

결국 저는 왼쪽 주머니에 든 사탕을 카운터에 꺼내놓았습니다. 한 움큼의 사탕이 좌르르 쏟아졌고 아니나 다를까 빌어먹을 누가맛이 두 개나 들어 있었습니다.

"다시 갖다놔."

점원은 시종일관 담담한 목소리였습니다. 차라리 화를 냈다면 냅다 바닥에 드러누워 울음을 터뜨려버릴 텐데 미사 중에 듣던 신부님의 말투처럼 생기 없으면서도 단호해 고분고분 따를 수밖에 없었습니다. 훔쳐온 사탕을 갖다놓고 카운터로 돌아오자 점원은 말했습니다.

"빅파이는 이십 원이야."

저는 고개를 숙인 채 조용히 돈을 꺼내 점원에게 건네고 "감사합니다"라고 말한 뒤 빅파이를 들고 슈퍼마켓을 나왔습니다. 점원은 달리 아무 말도 하지 않았습니다. 천만다행인 것은 손님이 없어 이 굴

욕적인 모습을 아무에게도 들키지 않았다는 것입니다. 동생은 제가 내민 빅파이를 받아들고는 영문을 알 수 없다는 표정을 지었습니다.

이 사건 이후 제 인생에서 몇 가지 변한 것들이 있습니다.

첫째, 도둑질을 하지 않았습니다. 그때의 기분을 다시 느끼고 싶지 않았기 때문입니다.

둘째, 마음껏 디저트를 먹는 삶을 살고 싶었습니다. 그것이 성공의 기준이 되었다고 해도 과언이 아닙니다.

이 책은 지난 삶 제가 먹어온 디저트와 그때의 기억을 모아놓은 작은 앨범입니다. 언제나처럼 대단할 것 없는 것들뿐이라 부끄럽습니다만, 그럼에도 같이 나누어 먹고 싶은 추억으로 빚은 디저트들입니다. 그러니 입이 심심할 때 비스킷을 꺼내 먹듯, 일 없이 한가할 때 한 편씩 꺼내 읽으신다면 저로서는 더는 바랄 것이 없겠습니다.

김보통

아, 따뜻한 맛

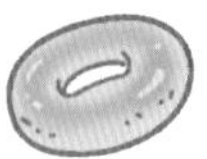

두 번째 맛

누구나 아플 때가 있잖아요

세 번째 맛

이 맛에 어른이 됐습니다

첫 번째 맛

아, 따뜻한 맛

복숭아 병조림

거역할 수 없는 사랑

복숭아 병조림을 사랑한다.

농담이 아니다. 만약 세상에 종말이 찾아왔을 때 사랑하는 것들을 떠올릴 여유가 있다면, 열세 번째 정도로 떠올릴 것이다. 앞의 열두 개가 뭔지는 모르겠지만 그 정도로 사랑한다.

통조림을 말하는 건 아니다. 통조림은 병조림이 없어도 굳이 먹고 싶지 않다. 깡통을 따는 게 수고스럽다거나, 배가 부르다거나, 황도가 아닌 백도이기 때문이거나. 이유는 많다.

그러나 병조림은 거부할 수 없다. 특히 델몬트 오렌지 주스 병에 든 것이라면 먹지 않을 재간이 없다. 안에 든 것이 황도인지 백도인지 낙과인지는 중요하지 않다. 무조건 맛있다. 완전식품이다. 사전적 의미로는 아니겠지만 상관없다. 말했듯 나는 복숭아 병조림을 사랑한다. 사랑한다는 것은 그런 것이다. 모든 부조리를 극복한다.

복숭아 병조림과 사랑에 빠진 건 충북 음성군 생극면 병암리에 있던 이모 집에서다. 음성은 감곡 복숭아가 유명하지만, 갑

곡면이 아니더라도 복숭아 농가가 많고, 모두 맛이 좋다. 생극면 역시 마찬가지. 초등학교 시절 여름방학이 되어 이모 집에 맡겨지면 내내 복숭아를 까먹으며 지냈다. 깔끄러운 털을 씻어내고 물을 잔뜩 머금은 복숭아를 한 입 베어 물면 턱으로, 무릎으로 과즙이 뚝뚝 떨어졌다. 더러 복숭아를 파먹고 들어온 벌레를 함께 먹어버려 절단된 벌레의 반신을 뱉어내야 할 때도 있었는데 그래도 멈출 수 없었다.

이모는 딱딱한 복숭아를 깎아 병조림을 만들었다. 도시로 공부하러 간 사촌 누나 방엔 그렇게 만들어진 병조림들이 옷장 위에 줄을 맞춰 진열되어 있었다. 보고 있자면 군침이 돌았지만, 당장은 먹으면 안 된다고 이모가 말했다. 발에 차이는 것이 복숭아니 나와 동생은 빠르게 단념하고 다시 마루에 앉아 온 얼굴을 적시며 복숭아를 베어 먹곤 했다.

겨울방학에도 이모 집에 갔다. 서울에서 공부하던 사촌 누나와 함께 시외버스를 타고 한밤중에 생극면 정거장에 내렸다. 쌓인 눈에 발이 푹푹 빠졌다. 거리의 불빛은 가로등을 제외하곤 모두 꺼져 있어 꿈속을 헤매는 것만 같았다. 장갑을 끼고 있지만 손끝이 저리고, 코끝이 땡땡 얼어붙었다. 입에서는 연신 김이 나왔다. 증기기관차가 된 기분이었다.

눈밭을 헤치며 병암리 이모 집까지 걸어갔다. 커다랗게 뜬 보름달의 빛이 하얗게 쌓인 눈에 비쳐 밤길이 환했다. 한참을 가니 멀리서 이모 집이 보였다. 불이 켜져 있다. 서둘러 발걸음을 옮기면 집 앞 어둠 속에서 누군가 서성이는 게 보였다. 이모부였다.

"추운데 어서 들어가." 이모부가 현관문을 열자 뜨뜻한 공기가 훅 하고 느껴진다. "이제 왔어? 밖에 춥지?" 하고 방에 있던 이모가 말한다."추워! 추워!" 우리는 신발을 집어던지고는 따뜻한 이불 속으로 뛰어든다. 그리고 방문이 열리며 이모가 복숭아 병조림을 가지고 들어온다.

"복상(복숭아의 사투리) 먹자."

드디어 병뚜껑을 따고 그릇에 담기는 복숭아 조림. 포크를 들어 하나를 찍어 먹은 순간, 나는 사랑에 빠진다. 거역할 수 없다.

핫초코

과외로 배운 세상

나는 과외로 세상을 배웠다.

과외를 많이 받았다는 건 아니고, 많이 했다는 얘기다. 하고 싶어서 한 건 아니다. 안 하면 대학을 다닐 수가 없었다. 돈을 벌기 위해 어쩔 수 없이 했다. 거리가 멀거나, 과외비가 적어도 가리지 않았다. 학생 집까지 한 시간 반 이상을 가야 하는 때도 있었다. 밥 먹을 시간이 없어 이동하며 과자로 때울 때도 많았다. 덕분에 미팅을 하거나 클럽을 가본 적이 없다. 엠티 역시 신입생 때 한 번 가봤을 뿐이다. 조금 아쉽기도 하다. 하지만 말했듯 나는 과외로 세상을 배웠다. 대단할 것은 없지만 그걸 위안으로 삼는다.

대개는 평범한 가정이었다. 미로 같은 골목 속 다세대 주택에 들어서 인터폰을 누르면 교복을 입은 학생이 문을 열었다. 물만 마시고 앉아 과외를 시작했다. 학생들은 평범했다. 평범하게 배우고, 까먹었다. 평범하게 졸고, 떠들었다. 여학생들은 연예인에 관심이 많았고, 남학생들은 게임을 좋아했다. 한 달 내내 수업을 해도 부모님 모습은 좀체 보기 힘들었다. 맞벌이 가정도 많았고, 이혼하거나 사별한 경우도 있었다. 학생이 건넨 봉투에 담긴 과외비를 받고 돌아오며 생각했다.

'가족끼리 함께하는 때는 잠잘 때뿐일까?'

간혹 부유한 집안도 있었다. 대단지 아파트에 들어서 인터폰을 누르면 일하는 아주머니가 문을 열어주곤 했다. 학생은 널찍한 방에 앉아 나를 기다리고 있었고, 방에는 에어컨도 있었다. 공부하고 있노라면 문을 열어준 아주머니가 먹을 것을 가져다주곤 했다. 나 말고도 과외 선생이 여럿 있었다. 주요 과목별로 한 명씩 과외를 받는 듯했다. 수업이 끝나고 다음 과외 선생과 마주치기도 했다. 학생은 평범했다. 평범하게 맞추고, 틀렸다. 당연한 듯 졸고, 대수롭지 않게 떠들었다. 학업 성취도가 조금 더 낫기는 했지만, 뛰어난 수준은 아니었다.

어느 날 수업이 끝나자 학생 어머니가 나를 불렀다. 다음 달부턴 새로운 선생이 올 거라고, 그동안 수고 많았다며 평소보다 두툼한 봉투를 줬다. 현직 교사에게 과외를 받게 됐단다. 넙죽 인사를 하고 나오자 일하는 아주머니가 문을 닫았다. 황량할 정도로 넓은 아파트를 벗어나며 생각했다.

'일 도와주는 아주머니도 어떤 학생의 어머니겠지.'

이렇게 번 돈으로 자신의 아이에게 과외를 시킬지도 모르겠다.

희소병을 앓는 학생도 있었다. 주요 장기 중 하나가 계속 악화되는 병이었는데, 약 부작용이 심해 정서적으로 불안정했고 돌발 행동이 잦았다. 몇인가의 과외 선생이 일주일을 못 넘기고 그만뒀다고 했다.

"학교 수업만 따라가게 해주세요."

아이 어머니가 말했다. 하지만 아이는 의사소통이 어려웠다. 내 말을 듣는 건 고사하고 수업 내내 고개를 내 반대편으로 돌려 벽만 바라봤다. 아무리 얘기를 해도 내 쪽을 돌아보지 않아 다가가 살펴보니 눈물을 흘리고 있었다. 나는 말없이 연습장에 피카츄를 그렸다.

"자, 봐라. 피카츄야. 피카츄."

피카츄를 열 마리쯤 그리고 나니 그제야 슬금슬금 고개를 돌리더니 배시시 웃었다.

"아이가 선생님을 좋아하네요."

아이 어머니가 말했다. 피카츄를 좋아하는 것이겠지만 아무 말 하지 않았다. 어떻게든 과외를 해야 했으니까.

과외는 여섯 달 정도 계속했다. 그동안 수백 마리의 포켓몬을 그렸다. 포켓몬 게임을 하지 않아 피카츄 외에는 아는 것이 없었는데 이제는 이름만 대면 보지 않고도 그릴 수 있게 됐다. 덕분에 아이는 나만 보면 싱글벙글 웃었고, 더러 손수 핫초코를 타주기도 했다. 핫초코엔 아이가 아끼는 마시멜로도 한 덩어리 띄워져 있었다.

"어른이 되면 뭐가 되고 싶어?" 하고 묻자 아이는 웃으며 말했다.

"선생님."

그것이 마지막 과외였다.

학교 밖 청소년들이 머무는 쉼터에서 봉사 활동을 하기로 했기 때문에 과외를 그만뒀다. 아이 어머니가 과외비를 올려주겠다 했지만 거절했다. 돈이 아쉽지 않았던 건 아니다. 그저 마음이 무거웠다. 선생님이 아닌데 선생님으로 불리는 것도, 돈을 받고 입시 경쟁을 부추기는 일에 일조하는 것도, 그렇게 만나게 된 아이에게 마음을 주고, 받는 것도 더는 힘들 정도로 지쳤다. 인사를 하고 나오는 내내 아이는 방에서 얼굴을 반만 내민 채 나를 바라보고 있었다.

"선생님한테 인사해야지"라고 어머니가 말하자, 아이는 스르르 방으로 들어가 문을 닫았다. 마음이 무거웠다. 내가 열고 들어간 문이었는데, 마지막엔 아이가 닫아버렸다.

집으로 돌아오는 버스 안에서 생각했다.

'이것이 이별이란 거란다. 싫든 좋든 익숙해져야 해.'

요즘도 때때로 마지막 아이를 생각한다.

아이가 앓고 있던 병은 성인으로 성장하여 살아갈 확률이 5% 정도라고 했다. 지금쯤 아이는 성인이 되었을 것이다. '살아있다면'이라는 가정은 하지 않는다. 과외를 통해 알게 된 세상 속 아이들이 무탈하게 자랐길. 그동안 세상은 좀 더 나아졌길 바랄 뿐이다.

베이글

하루를 버틸 작은 힘

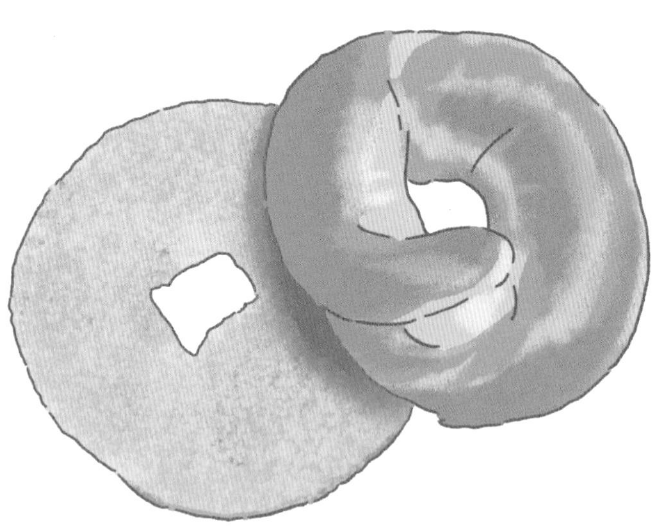

얼마 전 "너무 무기력합니다. 어째야 하나요?"라는 질문을 받았다. 사실 나 역시 늘 심한 무기력감에 시달리고 있는 터라 딱히 해줄 말이 없어 "무기력은 사라지지 않는 것 같아요"라고 대답했다. 상대는 웃었다. 안도의 웃음일 수도 있고, 허탈한 웃음일 수도 있다. 왠지 너무 성의 없는 것 같아 덧붙였다.

"그럴 때마다 저는 작은 성취를 이루는 것을 반복합니다"라고 답했다. 예를 들면 베이글을 만드는 것처럼.

살며 가장 심한 스트레스를 받고, 그래서 무기력했던 시기는 회사를 그만두기 직전이었다. 온종일 일하면서 쉬지는 못하고, 하루 걸러 밤늦도록 폭음을 하던 때라 늘 수면 부족과 만성피로에 시달렸다. 살아 있으나 내 의지로 살아가는 것이 아닌 나날이라 기력이 나는 게 이상한 상황이었다. 그런 때에 종종 빵을 만들었다. 이유는 모른다. 피곤한 몸을 이끌고 퇴근해 집에 들어가 반죽을 만들고 모양을 잡아 오븐에 구웠다. 그렇게 만든 빵은 다음 날 회사로 가져가 부서원들과 나눠 먹었다. 그렇게 경계심을 흐트러뜨린 뒤 독이라도 타려고 했던 것은 아니나. 어쩌면 그저 내 의지로 무언가를 만드는 행위가 필요했던 것일지도 모르겠다. 그렇게라도 내 삶의 주도권이 나에게 있음을 확인하고 싶었던 때였다.

베이글도 만들었다. 민숭민숭한 맛에 수더분한 모습과 달리 베이글은 만드는 과정이 매우 까다로웠다. 우선 반죽부터 복잡하다. 강력분과 박력분이 동시에 들어가는데, 계량을 잘못하면 어떤 때는 쿠키가 되고, 어떤 때는 호빵이 되었다. 정확히 계량한 후엔 이스트와 소금을 넣은 뒤 물을 부어가며 반죽을 해야 한다. 정말 신기한 것이, 같은 양의 물을 넣어도 매번 반죽의 점도가 달라 만들 때마다 '제대로 만들고 있는 건가' 싶어 찝찝했다. 그렇게 만든 반죽은 주먹 크기로 떼어내 밀대로 밀어 도넛 모양으로 형태를 잡아줘야 한다. 당연히 뜻대로 안 된다. 자꾸만 손에 들러붙어 수습하다 보면 초등학생이 지점토로 만든 UFO처럼 변한다. 그다음엔 도넛 모양의 반죽을 한 시간쯤 발효시킨 후 끓는 물에 데친다. 놀랍게도 베이글은 물에 한 번 삶는 빵이다. 데친 것을 건져내 오븐에 구워주면 일단 완성되지만 모양도 맛도 내가 아는 베이글은 아니었다.

만든 베이글을 들고 출근해 부서원들에게 주면 돌아오는

반응은 대개 비관적이었다. “이게 뭐냐?” “아우, 빵이 맛이 왜 이래.” “떡이냐?” 등등. 기껏 만들어간 빵을 나눠주고 그런 소리를 들으면 진짜 독까진 아니어도 설사제 정도는 타버리고 싶었다. 끝끝내 그러진 못했다. 천성이, 마음이 모질지 못하다.

반응에 상관없이 빵을 만드는 일은 하루를 버틸 작은 힘이 되었다. 출근하고 나서부터 퇴근할 때까지 뭣 하나 내 뜻대로 돌아가는 것이 없고, 할 수 있는 것도 없는, 그저 나날이 마모되기만 하는 듯한 회사 생활에서 유일하게 성장하는 것을 느낄 수 있었다. 게다가 스콘이나 비스킷은 제법 그럴싸하게 만들어 내가 ‘뭐라도 할 수 있는 인간’이라는 확신을 얻었다. 중요한 건 그것이다.

다시 말하지만, 무기력은 쉽게 사라지지 않는다. 당연히 한 방에 이 괴로운 감정을 잊게 해줄 해결책도 쉽게 얻을 수 없다. 그럼에도 당장의 무기력이 너무나 크게 느껴지는 탓에 반전을 바라며 더 크고 강한 성취를 원한다. 하지만 큰 성취는 그만큼 성공 확률이 낮아 많은 경우 더 크고 강한 실패로 이어질 수 있다. 그리고 결국엔 헤어 나올 수 없는 깊은 무기력에 빠져 자신을 스스로 ‘뭣도 못하는 인간’으로 여기는 지경이 되는 것이겠지.

그러니 베이글을 만들어 보시길. 삐뚤빼뚤 꽃을 그려보고, 턱없이 짧은 목도리를 짜보시길. 놀이터 철봉에 매달리고, 색종이로 거북이를 접어 보시길. 작은 성공의 연속에서 성장을 확신하시길. 사소한 실패를 겪으며 좌절에 둔감해지시길. 별것 없는 성취를 반복하며 승리를 체험하시길. 그런 나날이 쌓이고 쌓이다 보면 무기력을 등에 지고 살아갈 수 있는 어떤 신념이 생길지 모르니.

티라미수

나를 구원해준 맛

티라미수는 에스프레소를 적신 빵에 마스카포네 치즈로 만든 무스를 올리고 코코아 파우더를 뿌린 치즈케이크로, 이탈리아의 전통 디저트다. 티라미수를 처음 먹었던 것은 지금으로부터 십여 년 전, 이탈리아 로마 변두리 어느 카페에서였다. 막 울고 싶던 참이었는데, 이유는 다음과 같다.

이탈리아에 간 것은 독실한 천주교 신자인 부모님의 명령 때문이었다.

"베네딕토 16세가 교황으로 선출되어 바티칸에서 첫 미사를 집전하는데 그 미사에 참석하고 와."

갓 제대한 내게 어머니는 말했다.

세례만 받았을 뿐 이교도나 다름없는 내가 가야 했던 이유는, 암 수술 후 요양 중이던 아버지가 거동이 불편한 탓이었다.

"4박 5일이면 충분하겠지?"

아버지가 덧붙였다.

알겠다고 답한 뒤 귀국일이 정해지지 않은 여섯 날싸리 항

공권을 끊었다. 충분한지 아닌지는 가서 판단할 심산이었다. 별다른 준비는 하지 않았다. 배낭엔 옷 몇 벌과 허먼 멜빌의 소설 《모비딕》만 챙겨넣었다. 가진 책 중 가장 두꺼워 쉬엄쉬엄 읽기 좋겠다 싶었고, 여차하면 노숙을 할 때 베개 대신 사용할 요량이었다.

가진 돈을 털어 자전거도 한 대 샀다. 유럽을 횡단하겠다는 거창한 포부 따위가 있던 건 아니었다. 부모님이 주신 돈이 딱 4박 5일 동안의 체류비였던 터라, 자전거를 타고 다니려고 산 것이다.

"제가 여행을 좀 오래 갈 건데 이거 튼튼한가요?"

자전거 가게 주인에게 물었다.

"트럭에 들이받혀도 말짱하지."

그는 웃으며 말했다.

트럭에 들이받힐 마음도 없었고, 자전거만 튼튼해봤자 아무런 의미도 없지만 왠지 안심이 됐다.

자전거를 타는 건 십여 년 만이었다. 중학교 때 브레이크가 작동하지 않는 자전거를 타다 크게 사고가 난 뒤로 타지 않았다. 무서워서는 아니고, 부모님이 내가 자전거를 타는 것을 싫어

했기 때문이었다.

그러나 인생은 길다. 영원히 자전거를 안 타고 살 수는 없다. 언젠가 타야 할 거라면 지금이 가장 좋은 때였다. 물론 또 사고가 날 수도 있다. 다칠 수도, 죽을 수도 있다. 하지만 별 수 없다. 태어난 이상 결국 죽는다. 언제 죽을지 걱정하는 것으로 망설이고만 있는 건 마음에 들지 않았다.

그래도 이 사실을 들키면 여행 자체가 취소될 수 있기에 자전거는 친구 집에 숨겨두었다. 그 친구는 자가용이 있던 부잣집 자식이라 출국하는 날 나와 자전거를 공항까지 실어날라 주었다.

"죽지 마라."

친구는 말했다.

"최선은 다해보지."

나는 답했다.

그리고 도착한 이탈리아.

입국 수속을 끝내고 짐을 찾아 공항 밖으로 나와 자리를 잡고 자전거를 조립하기 시작했다. 출발하기 전 알아본 바로는 공항에서 로마 시내까진 자전거로 두 시간 정도면 갈 것 같았다. 얼마나 걸릴 지 알 수 없는 여행의 워밍업으로 적당한 거리였다. 조립은 어렵지 않았다. 만일의 사태를 대비해 한국에서 몇 번 연습도 했다. 우선 바퀴와 프레임을 연결한다. 안장을 끼워넣고 페달을 연결한다. 남은 것은 바퀴에 바람을 넣는 것뿐(비행기로 자전거를 옮길 때는 기압 변화로 바퀴가 터지는 것을 방지하기 위해 바퀴의 바람을 빼고 싣는다). 이를 대비해 자전거를 살 때 휴대용 펌프 역시 구입했다.

"이거만 가지고 다니면 문제없지."

자전거 가게 주인은 말했었다.

"부피도 작고, 무게도 가볍고."

그는 인심 좋게 펑크가 났을 때 임시로 사용할 수 있는 패치도 몇 개 주었다. 신뢰가 가는 사람이었다.

그렇게 산 펌프를 꺼내 바람을 넣는데 바람이 들어가지 않았다. 힘차게 펌프질은 하는데 바람 새는 소리만 날 뿐이었다. 뭐가 문제인가 살펴보니 펌프 주둥이와 바퀴의 밸브 아귀가 맞지 않았다. 호환이 되지 않는 펌프였다. 온몸에서 식은땀이 흘렀다. 아무리 요리조리 아귀를 맞춰보려 해도 소용이 없었다. 출발 전에 바퀴에 바람을 넣는 연습은 해보질 않았다. 당연히 될 거라

믿어 의심치 않았다. 그 결과 전 세계에서 온 관광객들로 분주한 레오나르도 다빈치 국제공항 한 켠에서 머리를 감싸 쥐고 조용히, 아주 조용히 좌절했다.

어쩔 수 없이 배낭을 멘 채 자전거를 끌고 로마까지 걷기 시작했다. 뜨거운 태양이 작열해 이글이글 타오르는 길 옆으로는 연신 차들이 '쌩' 소리를 내며 달렸다. 나는 가끔 나타나는 표지판을 확인하기 위해 고개를 들 때를 빼곤 줄곧 머리를 처박고 자전거를 끌었다. 스마트폰도 없던 시절이라 제대로 가고 있는지 알 수 없어 불안했다. '모든 길은 로마로 향한다'는 말이 사실이길 간절히 바라고 바라며 걸었다.

4월이었는데도 태양 빛은 이해할 수 없이 강했다. 이탈리아의 오존층은 모두 파괴된 게 아닌가 싶은 강렬함이었다. 그래서 일까. 기온은 높고, 짐도 무거워 온몸은 땀범벅이 됐다. 입국 몇 시간 만에 탈진해버렸다. 문득 신병교육대에서 행군하던 때가 떠올랐다.

"팔을 잘라버리고 싶어."

쉬는 시간 물을 마시던 한 동기가 말했다.

"그러면 좀 살 것 같아."

그는 살면서 한 번도 이빨로 실을 끊어본 적이 없어 바느질을 해야 할 때마다 내가 대신 이로 끊어주곤 했었다.

우리 대화를 듣고 있던 신학대 출신의 동기도 껴들어 말했다.

"나는 아까 미니 성경 버렸어."

어떤 훈련을 할 때도 윗옷 주머니에 자그마한 수첩 크기의 성경을 가지고 다녔고, 졸업 후 목사가 되겠다던 그였다.

"좀 가벼워졌어?"

우리가 물으니 그는 환하게 웃으며 "부활한 기분이야"라고 답했다.

퍼뜩 배낭 속 《모비딕》이 떠올랐다. 잠시 발걸음을 멈춘 채 고민했다. 과연 앞으로 《모비딕》을 읽긴 할까? 꼭 《모비딕》이 아니더라도 베개로 쓸 만한 것이 있지 않을까? 읽은 거라곤 첫 페이지 첫 문장 '나는 이스마엘'뿐이지만, 안 읽어도 괜찮지 않을까? 백 년도 전에 쓴 책을 21세기에 사는 내가 읽는다고 재미가 있을까? 등등. 몇 대인가 차가 쌓 소리를 내며 지나간 뒤, 나는 배낭에서 책을 꺼내 길가에 보이는 쓰레기통에 처박았다. 지나온 길 내내 고통받은 것이 모두 그 책 때문 같아 원망스러웠다. 실제로는 내가 멍청해서 그런 거지만, 뭐라도 좋으니 원망할 대상이 필요했다.

불행하게도 책을 버리기 전과 큰 차이는 없었다. 사실 가장 큰 문제는 자전거였다. 자전거를 가지고 오지 않는 편이 나았을 것이다. 그러면 이 고생을 하지 않고 편히 버스나 지하철을 타고 로마에 도착했을 테니까. 한순간 자전거를 버려버릴까 싶기도 했다. 편하자고 샀는데, 출발부터 너무 큰 짐이 되어버렸다. 하지만 버릴 수도 없었다. 나름 비싼 돈 주고 샀는데, 도착하자마자 버리다니. 생각만으로도 눈물이 나는 일이었다.

그래서 티라미수를 먹었다. 스스로를 위로하기 위해서였다.

근처에 보이는 카페에 들어가 티라미수를 시켰다. 자전거가 있어 야외 좌석에 앉아 먹었다. 처음 먹어보는 티라미수였다. 그때는 지금처럼 한국에서 흔하게 팔지 않았다. 당시 최고로 잘나가던 디저트는 사발만 한 대접에 커다란 빙수를 나눠 먹는 '아이스베리'였다. 숟가락을 들어 티라미수를 떠먹으니 참으로 맛이 좋았다. 땀을 너무 흘린 상태에서 당분을 섭취했기 때문인지, 그 집의 티라미수가 특별히 맛있어서인지는 모르지만 상관없었다. 어쨌든 나는 이탈리아에 와서 티라미수를 먹고 있다. 바람 빠진 자전거를 곁에 세워둔 채지만 기분은 좋았다.

그때 카페 주인이 다가와 싱글싱글 웃으며 뭐라 뭐라 말했다. 당연히 알아듣지 못했다. 하지만 그는 포기하지 않고 계속해서 말했다. 여전히 못 알아들으니 자전거를 가리키며 손으로 바퀴 모양을 만들어 보였다. 근처 주유소에서 바람을 넣어주니 그곳으로 가보라는 얘기였다. 덕분에 자전거에 바람을 넣고, 한 시간을 넘게 달려 숙소에 도착할 수 있었다. 밤새 몸살과 햇볕에 타 따끔거리는 피부 때문에 편히 잠들진 못했지만.

티라미수는 이탈리아어로 '나를 끌어올린다'는 말로, 의역하자면 '기분이 좋아진다'는 뜻이다. 그때는 어원 같은 것은 몰랐으나, 그때의 티라미수는 여러 의미로 나를 구원해주었다. 솔직히 교황 베네딕토 16세의 첫 미사보다도 더 감동적인 맛이었다.

찐빵

처음으로 고백한 날

고등학교 적, 얼굴 생김이 찐빵 같은 나를 '찐빵'이라 부르던 아이를 좋아했다. 그 아이가 더 찐빵 같았지만, 마음 상할까 말하진 않았다. 그저 "찐빵!" 하고 부르면 바보 같은 웃음을 지었을 뿐. 마음을 표현하지도 못했다. 나는 식탐을 제외한 대부분의 영역에서 부족한 아이였고, 연애는 무능 그 자체였다. 그런 내가 결단을 내린 때가 있었으니, 바로 고등학교 졸업을 얼마 앞둔 즈음이었다. 그 아이의 생일에 맞춰 고백하기로 한 것이다.

졸업하면 마주칠 일이 없을 것이란 위기감 때문이었다. 애초 사귀고 어쩌고는 생각하지도 않았다. 첫사랑이 이렇게 허망하게 끝나버리는 것이 아쉬웠다. 고백을 한다 생각하니 심장이 터질 것 같았지만 망설이진 않았다. 예나 지금이나 행동력만은 좋았다. 사고력이 떨어진다는 게 탈이지만, 그랬다.

"네 생일날 아침 9시에 너희 집 앞에서 보자."

차마 전화는 못하고 그 아이의 삐삐(아직 삐삐의 시대였다)에 음성을 남겼다. 다른 친구들과 한두 번 놀러 간 적도 있어 할머니와 고모까지 같이 살고 있다는 사실도 일있다.

선물로는 그 아이가 보고 싶다던 책을 주기로 했다. 우연히 들은 그 책의 제목은 '체사레 보르자 혹은 우아한 네모'였다. 그러나 서점을 몇 군데 돌아다녀도 그런 책은 없었다. 직원들에게 물어봐도 모른다고 했다. 귀신이 곡할 노릇이었다. 어이하여 그 아이는 이렇게나 긴 제목의 책을 보고 싶어 하는 걸까. 원망스러웠다. 심지어 내용이 뭔지 짐작할 수도 없는 책이었다. '우아한 네모'라니. 형이상학에 관한 책인가 싶어 해당 분야의 서가를 뒤졌지만 그런 책은 없었다.

큰일이었다. 이러다간 첫 고백이 실패한다. 아니, 애초 성공할 거란 기대가 없지만, 어쨌든 실패할 것만 같았다. 그러던 중 마지막이다 하고 들어간 서점의 직원이 제목을 듣고는 망설임 없이 책 한 권을 들고 나왔다. 《체사레 보르자 혹은 우아한 냉혹》. 그 책의 정확한 제목이었다. 여전히 내용은 짐작할 수 없지만, 그런 건 상관없었다. 이제 팬 플루트만 연습하면 되었다.

"엄마는 이 소리가 좋더라"라며 초등학교 때 사다주신 팬 플루트. 안타깝게도 어머니는 그 음색을 들어본 적이 별로 없었다. 동생과 싸울 때 무기로 쓰는 바람에 고장 나 중간 음 하나가 나오지 않는다는 걸 핑계로 손도 대지 않았다. 그 팬 플루트를 수리했다. 아이에게 들려줄 생일 축하 노래를 연습하기 위해서였다. 생일날 팬 플루트라니. 너무 유치한 거 아니냐 싶지만 달리 떠오르는 게 없었다. 우리는 사물놀이 동아리였는데 북을 쳐준다고 기뻐하지는 않을 것 같았다.

그래서 생일 축하 노래를 연습했다. '생일 축하합니다~' 하는 그 노래다. 남은 시간 동안 연습해 연주할 수 있는 곡은 그것뿐이었다. 그 모습을 본 어머니가 물었다.

"소리는 좋은데 다른 건 연습 안 하니?"

왠지 가슴 한쪽이 아파왔다. 하지만 이실직고할 수는 없는 노릇이었다. 그저 '어머니, 아들은 이렇게 당신의 품을 떠납니다'라는 눈빛을 한 채 연습에 몰두하고 몰두했다.

생일날은 마침 주말이었다. 눈이 내린 다음 날이라 단독주택에 살던 아이의 집은 눈으로 덮여 있었다. 한 손엔 책이 담긴 쇼핑백, 다른 손엔 팬 플루트를 든 나는 보무도 당당히 대문 앞에 서서 벨을 눌렀다. 잔뜩 긴장해 입안이 바싹바싹 말랐다. 소복이 쌓인 눈이라도 퍼먹고 싶었다.

"누구세요?"

인터폰을 통해 그 아이의 목소리가 들렸다. 순간 졸도할 뻔 했지만 애써 태연한 척 “나야” 하고 답했다. 잠시 뒤 덜컹 소리와 함께 현관문이 열리더니 대문 쪽으로 아이가 걸어오는 것이 보였다. 아이는 언제나처럼 “찐빵!” 하고 부르는 대신 형장에 끌려가는 죄수 같은 걸음걸이로 주춤주춤 다가왔다. 왠지 시작부터 망한 기분이었다. 도망가려면 지금뿐이다 싶었지만 이내 대문이 열려 그럴 수도 없었다.

“왜?”

아이는 물었다. 나는 말없이 쇼핑백을 건넸다.

“선물이야? 고마워. 찐빵.”

아이는 아무렇지 않은 척 대답했지만 어색한 건지, 부끄러운 건지, 불쾌한 건지, 아니면 그 모두인 건지 평소처럼 자연스럽지는 않았다. 나 역시 마찬가지였다. 머릿속으론 이 책을 구하기까지 얼마나 많은 시간과 노력이 들었는지 너스레를 떨며 말하고 있었는데, 실제론 입이 떨어지지 않았다. 하지만 물러날 수 없었다. 결전의 시간이 온 것이다.

“잠깐만.”

나는 팬 플루트를 들어 입에 갖다 댔다. 갑자기 나타난 팬 플루트에 아이는 순간 당황했다. 설마 식전 댓바람부터 남의 집 앞에서 사람을 앞에 세워놓고 팬 플루트를 불려는 건가 하는 표정이었다. 역시 망했다 싶었다. 하지만 연습한 것이 아까워서라도 연주는 해야겠다는 일념으로 심호흡을 한 번 하고는 눈을 질끈 감은 채 생일 축하 노래를 연주하기 시작했다.

크리스마스가 가까운 눈 내린 아침. 미세먼지 없는 청명한 하늘로 조잡한 연주가 울려퍼졌다. 근처에서 늦잠을 즐기던 누군가가 듣는다면 '뉘 집 꼬맹이가 토요일 아침부터 부지런도 하지' 싶어 대견해 할 만한 광경이었다. 두 번인가 바람 새는 소리를 내면서 가까스로 연주를 마친 나는 말했다.

"그럼 안녕."

아이도 얼떨결에 답했다.

"그래. 잘 가."

나는 로보캅처럼 부자연스럽게 몸을 돌려 그곳을 떠났다. 결국 고백은 하지 못했다. 괴상한 장기자랑만 한 셈이었다.

당연히 우리는 아무런 사이도 되지 못했다. 훗날 어른이 되어 좀 더 편하게 이야기를 나누게 되었을 때 그 아이는 말했다.

사실 그날 내가 온다는 사실을 가족 모두가 알고 있었고, 현관문 너머에서 내 혼신을 다한 연주를 할머니와 부모님, 고모와 동생까지 모두 감상했다고.

내가 가고 난 뒤 고모는 “쟤는 뭐가 돼도 될 놈”이라고 평했다고 했단다.

뭐가 되긴 했다. 과연 내가 뭐가 되기는 될까 싶어 불안에 떨던 날들 속에서 큰 힘이 되어준 그 고모에게 이 자리를 빌려 감사의 말씀을 전하고 싶다.

3

초코케이크

뜨거운 안녕

헝가리 부다페스트에 도착했다.

올 계획이 없었고, 아는 것도 없으니 할 일도 없었다. 역에서 만나 따라간 할머니의 민박집에 일주일 정도 머물며 종일 텔레비전만 봤다. 알아듣지는 못했다. 그냥 보고 있으면 재밌었다. 헝가리는 미국이나 영국 프로그램 더빙 방송이 많았다. 그런데 이 더빙은, 지금까지 봐온 수많은 나라의 방송 중 최고다.

우선, 모든 인물을 한 사람이 더빙한다. 등장인물이 남자건 여자건, 아이건 노인이건 한 명의 목소리로 말한다. 예산 문제인지, 국민 정서의 문제인지, 방송국 사장의 뒤틀린 유머 감각의 문제인지 알 수 없다. 민박집 할머니에게 물으니 "나는 신경 쓰지 않아"라고만 말했다. 가장 심각한 것은 성우의 목소리 톤이 변하지 않는다는 사실이다. 인물이 울고 화를 내고, 사랑을 속삭여도 개의치 않는다. 그저 담담히 대사를 읽기만 한다.

이런 식이다. 어느 날은 장 르노와 나탈리 포트만이 나오는 <레옹> 더빙판을 본 적이 있다. 극중 부패 경찰인 게리 올드만이 무슨 이유에선지 권총을 발사해 나탈리 포트만의 가족을 몰살시킨다. 겁에 질린 나탈리 포트만은 이웃집 아이인 척 게리 올드만 일행을 지나쳐 장 르노의 집 문을 두드린다. 그 모습을 의심한 게리 올드만의 똘마니가 나탈리 포트만에게 다가오는 긴박한 순간, 간절한 표정으로 눈물을 흘리는 나탈리 포트만이 문을 열어주지 않는 장 르노에게 의욕 없는 중년의 남성 목소리로 기복 없이 염불하듯 말한다. “문 열어 주세요. 문 열어 주세요.”

별로 살고 싶지 않은 목소리다.

그러니 재미가 있을 수밖에. 나는 여행객이 모두 관광을 나가 텅 빈 숙소에서 혼자 침대에 드러누워 텔레비전을 보며 끝없이 낄낄거리기만 했다. 그것도 지겨우면 잠을 잤다. 다시 말하지만 오고 싶지도 않았으며, 아는 게 없는 곳이다 보니 할 일이 없었다.

“바쁜 일 없으면 여기서 일이나 하는 게 어때.”

그 모습을 보던 주인 할머니가 말했다.

“당연히 밥은 주고 숙소는 공짜.”

안 될 이유가 없었다. 그것이 내가 헝가리에서 민박집 일을 도우며 살게 된 연유였다.

다음날부터 여행객들에게 아침밥을 차려 먹이고, 빈 접시들을 설거지했다. 모두가 없는 시간엔 대청소를 했다. 그게 다 끝나면 자유 시간이었다. 하지만 따로 급여는 없어 자유 시간이 되어도 할 수 있는 게 없었다. 주인 할머니가 키우는 프렌치 불도그를 데리고 산책 나가 똥을 누이고 돌아와봤자 해는 아직 중천에 떠 있어 여전히 텔레비전을 틀어놓고 <엠티비MTV>를 보다 잠드는 날의 연속이었다.

저녁이 되어 사람들이 돌아오면 부업으로 술심부름을 했다. 동네 지리를 모르고, 밤에도 문을 여는 마트까지는 버스로 두세 정거장 떨어져 있다 보니 술 생각은 나지만 다녀올 엄두를 못 내는 여행객들을 대신해 갔다 오는 것이다. 원하는 술을 신청받으면 짐바구니가 달린 자전거에 올라타 어둠 속을 가로질러 술을 사왔다. 주로 와인을 추천했다. 맥주를 원하는 사람도 있었지만 "헝가리는 와인입니다. 그중에서도 와인의 여왕이라는 '또까이(토커이)'를 드셔야 합니다"라고 회유했다. 그래서 짐바구니 양쪽 가득 와인 병을 담고 돌아왔다.

영수증도 꼬박꼬박 가져와 확인시키고 잔돈을 돌려주면, 심부름 값으로 그 돈을 주기도 했다. 그 돈이 쏠쏠했다. 하지만 그것보다 중요한 것은 바로 와인 병. 주말이 되면 쟁여두었던 빈 병들을 마트에 가져가 돈으로 바꿨다. 줄을 서 병을 바꾸는 사람들은 전원 헝가리인이었다. 짐바구니 가득 병을 실어 쩔렁거리는 소리를 내며 환전 직원 앞에 서면 "또 너구나. 이번 주는 많네"라고 말하며 웃어주기도 했다. 나름 단골이었다.

그렇게 모은 돈으론 초코케이크를 사 돌아왔다. 숙소에는 나 말고도 엘리자베스라는 직원이 있었다. 말이 직원이지 나이는 환갑이 다 됐고, 언제나 화가 난 표정으로 끊임없이 욕을 하며 청소를 하고 늘 주인 할머니와 싸웠다. 할머니의 친척이라는 것 같았다. 초코케이크를 들고 숙소로 들어서면 엘리자베스는 한숨을 쉬며 "또냐. 미친 초콜릿 보이" 하고 말했다. 기껏 번 돈으로 초코케이크를 사 먹는 내가 한심해 보였을지도 모른다.

청소가 끝나면 우리는 식탁에 앉아 초코케이크를 나눠 먹었다. 콜드플레이의 <스피드 오브 사운드>가 유행하던 때라 라디오에선 그 노래가 자주 흘러나왔다. 엘리자베스는 담배를 피우며 멜로디를 휘파람으로 따라 부르곤 했다. 나는 맞은편에 앉아 《영어로 배우는 헝가리어 교재 1》을 펼쳐놓고 공부를 했다.

HEUKON

내가 예문을 읽으면 엘리자베스가 발음을 교정해주었다. 제대로 따라 하지 못하면 가래 끓는 소리를 내며 껄껄 웃었다. 매일 그녀는 내게 돈을 주며 근처 술 가게에서 맥주 네 캔을 사오게 했다. 하나는 그녀가, 하나는 내가 마시고 나머지는 냉장고에 넣었다. "두 개는 집에서 마실 거야"라고 허스키한 목소리로 말했다. 우리는 따뜻한 햇볕이 비추는 식탁에 마주 앉아 맥주를 마시고 담배를 나눠 피우며 내내 휘파람을 불었다.

반쯤 취하면 신기하게도 평소보다 말이 잘 통했다. 그녀에겐 나보다 나이가 많은 아들과 딸, 그리고 매일 술을 먹고 바람을 피우는 남편이 있었다. 가끔 그녀는 울었다. "우리 남편, 미쳤어. 애들한테 신경도 안 쓰고 매일 술 먹어. 바람도 피우고." 그녀는 맥주 캔을 커다란 가슴 위에 올려놓고 훌쩍이다가 큰 소리로 트림을 했다. 무슨 말을 해줘야 할지 마땅한 헝가리어를 모르는 나는 그저 초코케이크를 한 조각 더 잘라주었다. 그런 내게 엘리자베스는 "미친 초콜릿 보이"라고 말하며 웃었다. 눈가엔 눈물이 맺혀 있었다.

그런저런 이야기를 하고, 다시 또 휘파람을 불고, 점심을 만들어 사이좋게 나눠 먹고 나면 엘리자베스는 냉장고에 넣어두었던 맥주 캔 두 개를 달랑달랑 들고 집으로 돌아갔다. 벌게진 얼굴로 창가에 앉아 그 모습을 바라보고 있으면, 그녀는 뒤를 돌아본 뒤 주먹을 허공에 휘두르며 또 뭐라 뭐라 소리를 쳤다. 아마도 욕이었겠지.

한두 달인가 시간이 흘러 헝가리를 떠나는 날이 되었다. 짐을 싼 뒤 민박집 주인 할머니와 인사를 했다.

"다음에 또 올게요."

그녀는 허리춤에 양손을 올린 채 "다음이라니. 내년에 빨리 안 오면 다른 사람이 일하고 있을 줄 알아~" 하고 말했다.

민박집을 운영하며 수많은 이별에 익숙했기 때문일까, 정말로 내년에 내가 돌아올 거라 생각한 것일까. 딱히 아쉽지도, 슬프지도 않아 보였다. 어쩌면 별로 신경 쓰지 않았을지도 모른다. 엉터리 더빙 프로그램을 보면서도 전혀 이상하다고 생각하지 않았으니까. 어쩌면 그것이 헝가리 국민의 특징일지도 모르지. 그래서 그런 더빙이 여전히 존재하고.

작별 인사를 위해 엘리자베스를 기다렸으나 출근 시간이 지나도 그녀는 보이지 않았다. 머무는 동안 가장 많은 대화를 나눈 상대이기에 얼굴은 봐야겠다 싶어 기다렸으나 버스 시간이 다 되어가도 그녀는 나타나지 않았다.

어쩔 수 없이 아쉬운 마음으로 짐을 들고 민박집을 나와 버스 정류장을 향해 걸어갔다. 공교롭게도 엘리자베스의 맥주 심부름을 하러 가는 길이어서 기분이 착잡했다. 그때, 멀리서 엘리자베스가 걸어가는 게 보였다. 언제나처럼 심통이 난 얼굴이었다. 무슨 일이 있었나 싶으면서도 마지막 인사를 할 수 있게 되어 다행이라는 생각에 큰 소리로 엘리자베스를 불렀다.

"엘리자베스!"

하지만 그녀는 내 목소리를 듣지 못한 듯 뚜벅뚜벅 걷기만 했다. 마치 원수를 죽이러 가는 것 같은 단호함이었다. 나는 그녀를 향해 바삐 걸어가며 다시 한 번 큰 소리로 외쳤지만 그녀는 <터미네이터 2>에서 존 코너를 발견한 T-1000처럼 정면을 향해 시선을 고정한 채 걷기만 했다. 걸음은 점점 빨라졌다. 마치 도망치는 것처럼 그녀는 발걸음을 재촉했다. 나도 뛰다시피 걸으며 다시 큰 소리로 그녀를 불렀다.

"엘리자베스!"

손을 내밀기만 하면 닿을 거리까지 다가가 부르자 그녀는,

갑자기 비호처럼 몸을 날려 나를 부둥켜안았다. 불의의 습격을 당한 나는 상황 파악을 못하고 있는데, 티셔츠 앞섶이 뜨뜻하게 젖어들기 시작했다. 그녀는 울고 있었다. 처음엔 그저 눈물만 흘리더니 이내 온몸을 들썩이며 울부짖었다. 예상치 못했다. 먼 이국에서 50대 유부녀에게 안김을 당할 줄이야. 그녀는 내 티셔츠를 흠뻑 적실 정도로 눈물을 펑펑 쏟으며 울었다. 내 평생 나를 위해 이렇게 울어주는 사람을 겪어본 적이 없었다. 군대 가는 날 어머니도 이만큼 울지는 않았다. 나는 그녀의 얼굴을 감싸 쥔 채 손가락으로 눈물을 닦아주었다.

"보통. 보통."

그녀는 내 이름을 부르며 울었다.

"왜 그래, 엘리자베스? 난 다시 돌아올 거야. 울지 마"라고 내가 말하자 그녀는 "꼭 다시 와야 해. 행복하고 건강해야 해"라는 말을 반복했다. 걸걸한 목소리로 다른 말도 했지만 어줍잖은 헝가리어 실력으로는 알아들을 수 없었다. 하지만 무슨 말을 하는지는 알 수 있었다. 나는 그녀를 안고 등을 어루만지며 "엘리자베스. 엘리자베스. 건강해야 해. 난 돌아올 거야"라고 몇 번이고 몇 번이고 말했다. "엘리자베스도 행복해야 해"라고.

헝가리를 한 번 가볼까 한다. 다시 엘리자베스를 만나기는 힘들겠지만, 그녀와 뜨거운 안녕을 했던 그곳에 다시금 서보고 싶다.

아마레티

왜 슬픈 예감은 틀린 적이 없나

'숨도'라는 곳이 있었다.

서강대 옆 숨도 빌딩 1층에 있는 카페 이름이기도 하고, 7층에 있는 문화 공간 이름이기도 하다. 나는 7층 숨도에 세 번 갔다. 처음은 약 2년 전. '미소 서식지'라는 이름으로 공유 사무실을 여는데 축사를 해달라고 했다. 갸우뚱했다. 내가 뭐라고 개관 축사를 해달라는 것일까. 하지만 갔다. 부르면 간다. 나야 가는 이유를 모르지만, 부르는 사람에겐 이유가 있을 테니.

건물의 한 층이 통으로 트인 공간에 책상과 의자가 있었다. 휴식 공간도 마련돼 있었다. 당시의 대표는 "이곳에서 사람들이 새로운 시작을 하길 바랍니다. 그래서 작가님을 모셨습니다"라고 말했다. 그것이 이유였다. 회사를 그만두고, 새로운 일을 시작해 어중간한 위치에 도달했으니 비슷한 처지의 사람들에게 뭔가 교훈을 주길 바라는 것이었다.

"여러분은 오늘부터 이곳에서, 매일 매일 고통과 고뇌와 시련과 슬픔과 좌절과 절망과 후회를 겪으실 겁니다."

모두 눈을 동그랗게 떴다. 표정이 일그러지는 사람도 있었고, 피식 웃는 사람도 있었다.

"하지만 두려워 마세요. 성공했다는 사람들이 모두 겪는 과정입니다. 시도와 실패는 보이지 않거든요."

이후의 이야기는 시답잖다. 나는 전문 강연가도, 성공한 사람도 아니니 시답잖은 이야기밖엔 해줄 것이 없었다.

두 번째는 그 뒤로 일 년 뒤, 야심차게 시작했던 '미소 서식지'가 문을 닫고 새롭게 '숨도 아카데미'로 문을 여니 역시 개관 축사를 해달라는 연락이 왔다. 그 사이 대표가 바뀌어 있었다.

"지난 번 매일 고난과 절망의 날들이 찾아올 거라고 했는데, 정말 찾아오다니."

내 말에 사람들은 "하하하" 웃었다. "다음엔 좋은 일로 왔으면 좋겠습니다." 박수와 함께 아쉬운 시간이 마무리됐다. 돌아오는 내내 '이번엔 잘됐으면' 하고 생각했다. 하지만 왜 슬픈 예감은 틀린 적이 없나.

세 번째로 숨도를 찾았다. 숨도 아카데미가 곧 영업을 끝내기에 폐관 기념사 비슷한 것을 하기 위해서였다. 대표는 "모두 제 탓 같네요"라고 말했다. 일 년 전의 야심만만하던 표정은 사라진 채였다. 어떤 날들을 보냈을까. 상상이 되질 않았다. 나부터 매일 고뇌와 절망 속에 하루를 보내느라 헤아릴 여력도 없었다.

"숨도에 올 때마다 망하는 바람에 오는 게 두렵습니다."

문을 닫는다는 소식을 듣고 당황하던 사람들은, 내 말에 조금 웃었다.

"하지만 우리가 망하는 건, 망할 수밖에 없는 현실 때문이지 우리 탓이 아니에요. 미디어에는 성공한 사람들이 나와 싱글싱글 웃으며 노력해서 성공했다 말하지만 마이크를 쥐여줘야 하는 건, 망한 사람들, 실패한 사람들이에요. 정말 망한 건, 평범한 노력으로는 살기 힘든 우리 사회예요."

장장 한 시간 반가량 이어진 횡설수설의 끝. 나는 말했다.

"여러분. 우리 아무렇게나 살아, 아무거나 됩시다. 그리고 어디선가 꼭 만나요. 앞으로도 소소하게 망하고, 소소하게 살아갑시다."

이 말을 할 땐 울고 있었다. 무언가가 되지 못해, 이루지 못해 지금도 슬퍼하고 괴로워하는 수많은 아무개가 떠올라 자꾸만 눈물이 났다. 글로는 멋지게 썼지만 질질 울었다. 그래도 그

말이 하고 싶었다.

강연이 끝나고, 가뜩이나 튀어나온 붕어 눈이 더 부어 있는 내게 제주도에서 반차를 내고 왔다는 한 분이 선물을 주셨다. 공항에서 산 과자라고 했다. 집에 와 까보니 포장지엔 마카롱이라고 쓰여 있는데, 이름은 아마레티(이탈리아 아몬드 쿠키)였다. 게다가 모양은 마카롱도 아마레티도 아니었고, 먹어보니 마가렛트 같은 식감에 두 종류의 크림이 들어 있었다. 맛있었다.

이건 무엇일까? 아무래도 상관없다. 정말로 아무래도 상관없다. 숨도 아카데미는 그렇게 문을 닫았다. 역시 상관없다. 우리는 모두 아무나 되어, 어디선가 다시 만날 거니까.

바니차

말로는 다 전하지 못한 인사

호스텔에서는 보름 정도 머물렀다. 불가리아의 수도인 소피아에 도착해 버스 터미널에서 보이는 동양인을 무작정 따라 갔는데, 알고 보니 그 동양인이 일본인이었고 호스텔 역시 일본인을 상대로 하는 곳이었다. 아르바이트를 하는 불가리아인 한 명을 제외하면 한국인은 나 혼자라 열 명 남짓 머무는 작은 호스텔에 외국인이 된 기분이었다. 실제로 외국이고, 외국인이었지만.

도착할 즈음부터 장마가 시작해 연일 비가 내리거나 우박이 쏟아졌다. 그런 날이면 섣불리 숙소를 나서는 사람도 없었다. 모두가 종일 거실 소파에 앉아 잡담만 했다. 혼자 침대에 누워 있기도 뭐해 나도 그 사이에 엉거주춤 끼게 되었는데, 어느 순간 같이 잡담을 나누고 있었다. 며칠이 지나고부터인지는 모르겠다. 정신을 차려보니 일본어로 말하고 있었다. 놀랍게도 귀가 열리고 말문이 트인 건 아니고, "그래?" "정말?" "진짜?" "아닌 것 같은데…" "굉장해" 같은 추임새만 눈치껏 배워 앵무새처럼 따라 할 뿐이었다. 하지만 의사소통이란 생각보다 언어가 차지하는 비중이 적은지, 맞장구만 신나게 쳤을 뿐인데 신싸로 대화를 나누는 기분이 들었다.

개중 나이가 비슷한 '켄지'라는 친구와 유독 쿵짝이 맞았다. 대학은 다니지 않고 아르바이트를 하며 생활한다는 그는, 반년을 열심히 일해 번 돈으로 반년은 불가리아나 루마니아 같은 물가가 저렴한 나라에서 보낸다고 했다. 제법 긴 여행 기간 동안 그가 주로 하는 일은 잠을 자거나, 텔레비전을 보는 것으로 그 점이 나와 닮아 쉽게 친해졌다.

"나는 쉬러 온 거니까. 관광지는 관심 없어."

켄지는 침대에 누워 성인 잡지를 뒤적이며 말했다.

"일본에 있을 때 충분히 열심히 살았거든. 6개월 내내 쉬지 않고 일하면서 버티고 버텨서 이곳에 왔으니 6개월 동안은 아무것도 하지 않을 거야."

우리는 매일 서로의 언어를 배우고 가르쳤다. 유일하게 하는 생산적인 일이었다.

"대단하네."

내가 말하자 켄지는 웃었다.

"일본은 바보투성이라, 모두 열심히 일해."

"한국도 그런 사람 많아."

"다들 바보야."

"우리도 바보지."

"맞아. 나랑 너는 바보입니다."

켄지와 함께하는 시간만큼 일본어는 늘었다. 얼마 뒤엔 호스텔을 방문한 여행객 중 몇은 하루가 다 지나도록 나 역시 당연히 일본인일 거라 여겼을 정도다.

엉망진창이지만 의사소통을 할 수 있게 된 뒤 우리가 한 것은 지뢰 찾기였다. 세계대전 당시 나치가 버리고 떠난 지뢰를 찾으러 금속 탐지기를 메고 폭우를 뚫고 나간 것은 아니다. 숙소에 딱 한 대 있는 공용 컴퓨터-인터넷은 느리고, 성능마저 처참한-의 기본 게임인 지뢰 찾기를 모두가 같이한 것이다.

소파에 앉아 한껏 떠들다 잡담의 소재가 떨어지면 누군가 컴퓨터 앞에 앉아 지뢰 찾기를 켠다. 지도는 최대로 크게 만든다. 그리고 말없이 지뢰를 찾기 시작한다. 딸깍딸깍. 빗소리 사이사이 마우스 클릭 소리만 들린다. 할 게 없는 누군가가 슬그머니 뒤에 다가서 훈수를 둔다. 그것을 구경하던 하나가 더 따라선다. 종반엔 열 명이 우르르 둘러싼 채 마지막 지뢰 하나를 찾기 위해 갑론을박을 벌인다. 그렇게 심사숙고 뒤에 골랐으나 지뢰가 터지고 만다. 그러면 모두가 큰 소리로 한탄했다. 창밖으론 여전히 비가 쉼 없이 쏟아지고 있다.

지뢰 찾기는 장마와 함께 끝이 났다. 우리는 다 같이 외국인 카지노에 놀러 갔다. 켄지가 카지노에 가면 공짜 음료와 간단한 음식을 먹을 수 있다고 알려줬기 때문이다. 두 달 넘게 이곳 생활을 한 노장다웠다. 입장을 하려고 만 원 정도를 칩으로 바꿨지만, 다들 구경만 하며 배를 채운 뒤 다시 환전해 유유히 숙소로 발길을 돌렸다. 켄지 손에 새 담배가 들려 있었다. 놀랍게도 카지노에서는 담배도 준다고 했다.

"왜 안 알려줬어?" 내가 물으니 켄지는 "세상을 배우는 건 쉬운 게 아냐"라고 답했다.

기나긴 장마가 끝나서일까, 공기는 맑고 거리는 깨끗했다.

돌아오는 길에 나는 카페에 들러 모두(라고 해봤자 나와 켄지를 포함해 네 명뿐)에게 커피와 함께 사과를 넣은 바니차를 사줬다. 겹겹이 쌓인 페이스트리를 돌돌 말아 만든 불가리아 디저트인 바니차를 먹으며 한 친구는 연신 '스고이(대단해)'를 연발했다. 그도 그럴 것이 지난 며칠간 내내 비가 내려 매일 숙소에서 스파게티만 만들어 먹었다. 불가리아 디저트를 먹어본 건 처음이었다.

"돈이 어디서 났지?"

카페를 나서며 켄지가 슬쩍 물었고, 나는 답했다.

"빠칭코."

켄지는 낄낄대며 웃었다.

이윽고 숙소를 떠나는 날.

방에서 짐을 싸고 있는데 켄지가 거실로 좀 와보라고 했다. 가보니 친구들이 부채꼴로 서서 나를 기다리고 있었다. 작별식 같은 것을 하려는 것 같았다. 이 무슨 어색한 장면인가 싶어 머뭇대니 아니나 다를까 한 명씩 앞으로 나와 선물 하나씩을 건네며 덕담을 해줬다. 키가 크고 스포츠머리를 한 마사토는 일본에서 가져온 두건을 주며 "건강해라"라고 말했다. 나보다 몇 살 많은 사유리 누나는 일본 목각인형을 건네며 "즐거운 여행이 되길"이라고 말했다.

여행을 하며 여러 사람이 머무는 숙소에 꽤 묵었지만 한 명 한 명이 각별한 작별 인사를 해주는 경우는 처음이었다. 그래서일까, 처음의 어색한 기분은 사라지고 한 명 한 명의 눈을 바라보며 짧은 말로는 다 전하지 못한 인사를 천천히 나눌 수 있었다. 과분하다는 생각도 들었다. 내가 해준 것은 한국어 욕을 알려주거나, 과자를 사다 나눠 먹거나, 낙서처럼 몇 명의 얼굴을 그려준 것 뿐이니까. 실로 과분했다. 심지어 나는 전해줄 선물도 없었다. 그저 한 명 한 명의 모습을 오래도록 잊지 않기 위해 눈도 깜빡이지 않고 바라보고, 나의 마지막 모습이 오래도록 기억되길 바라며 환하게 웃어주었다. 그것이 내가 할 수 있던 최선이었다.

마지막 순서는 켄지였다. 이 순간이 어색했는지 일행에서 떨어져 커튼 뒤에 반쯤 몸을 숨기고 있던 그는, 어쩔 수 없다는 듯이 내게 다가와 손에 든 것을 건넸다. 베개 밑에 넣어두고 시도 때도 없이 펼쳐보던 성인 잡지였다. 얼마나 많이 봤는지 너덜너덜했다.

감동의 이별을 마친 뒤 불가리아 속 작은 일본을 떠나는 기분은 어느 때보다 더 쓸쓸했다. 마침 해도 져 지금쯤 시끌벅적할 숙소 모습이 떠올라 자꾸만 가라앉았다. 오늘도 지뢰 찾기를 하고 있겠지. 더러는 술을 마시며 노트북으로 오래된 건담 애니메이션을 보고 있을지도 모른다. 나만 외따로 떨어져 있었다.

끼이익~.

버스가 멈췄다. 무슨 일인가 싶어 내다보니 어느새 불가리아 국경에 도착했다. 문이 열리고 버스에 오른 국경 경비대원이 모두 내리라고 말하더니 여권과 짐을 검사했다. 마약을 찾아내기 위한 검문일지도 모르겠다 생각하며 배낭을 풀었는데, 떡 하니 켄지의 선물이 가장 위에 있었다.

"흐으음…."

경비대원은 한숨을 한 번 쉬고는 너덜너덜한 성인 잡지를 치우고 대충 짐을 살펴보았다. 사실 그건 보름 넘게 함께 지낸 친구의 소중한 보물을 선물로 받은 것이라고 말하고 싶었지만, 믿어주지 않을 것 같아 잠자코 있었다. 이내 버스는 터키의 밤하늘 아래를 달리기 시작했고, 별 사이로 낄낄거리는 켄지의 얼굴이 희미하게 떠올랐다 사라졌다.

초코무스

네 인생은 너의 것

초코무스는 초콜릿으로 만들어진 거품이란 뜻이다. 실제로 먹어보면 거품보다는 푸딩 혹은 꾸덕꾸덕한 죽 같은데, 거품이란 이름이 붙은 이유는 만드는 과정에 거품이 많이 필요하기 때문이다. 제조법은 간단하다. 중탕한 초콜릿에 달걀노른자와 설탕, 머랭과 휘핑크림을 차례로 섞어준 뒤 냉장고에서 식히기만 하면 된다. 머랭과 휘핑크림을 만들 때 시간이 걸리지만 전동 거품기를 사용하면 순식간에 만들어낼 수 있다. 유럽에서는 제법 흔한 디저트다.

내가 초코무스를 처음 만든 건 십여 년 전 베를린에서였다. 당시 나는 독일에서 활동하는 피아니스트 친구 집에 머물고 있었다. 친구는 어릴 적 부모님을 따라 미국으로 이민을 간, 호리호리한 몸매에 키가 훤칠한 미남이었고, 늘 싱글싱글 웃으며 "나이스~"라는 말을 자주 했다. '나이스 가이' 그 자체였다.

그즈음 공연이 없던 친구와 나는 종일 공원을 뒹굴다가 배가 고프면 같이 밥을 만들어 먹곤 했다. 그날도 함께 식사를 한 뒤 소파에 퍼져 쉬고 있는데 친구가 물었다.

“초코무스 만들어줄까?”

“좋지.”

초콜릿을 너무 좋아해 ‘초콜릿 보이’라는 별명이 있던 나였다.

“미국에 올 생각은 없어?”

뜨거운 물이 담긴 대접에 초콜릿을 담은 그릇을 올려놓고 중탕하던 친구가 물었다.

“힘들지 않을까. 취업도 해야 하고 부모님도 모셔야 하니까.”

나는 달걀흰자가 담긴 그릇을 든 채 머랭을 만들기 위해 거품기를 죽어라 젓고 있었다.

“부모님 인생은 부모님의 것. 네 인생은 너의 것.”

친구의 말에 나는 어색하게 웃었다.

“한 번 생각해 봐. 미국에 온다면 내가 일을 줄 수도 있어.”

당시 나는 사진 찍는 걸 좋아했는데, 자신의 동료들 앨범 사진이나 공연 포스터를 찍으면 된다는 것이었다.

“하지만 나는 영어도 잘 못하고….”

“배우면 되지.”

“그러기엔 너무 늦었어. 나 벌써 스물여덟이야.”

“우리 부모님이 미국으로 이민 왔을 때보다 젊네. 게다가 넌 미국 나이로 겨우 스물여섯이야.”

친구는 길쭉한 몸을 내 쪽으로 돌린 채 활짝 웃으며 말했다.

"어머니와 아버지는 청소를 했지. 그러면서 영어를 공부해 다시 대학에 들어갔고, 나를 키우며 대학을 졸업하고는 직장을 얻었어. 지금은 IT 회사에서 일해. 그러니까 너도 할 수 있어. 아직 젊잖아."

나는 마땅한 답이 없어 '헤헤' 웃으며 계속 머랭을 만들었다. 머랭은 뜻대로 만들어지지 않았다. 도대체 얼마나 빨리, 얼마나 오랫동안 섞어줘야 하는 건지 감이 오지 않았다. 이대로 영영 머랭을 못 만드는 것은 아닐까 싶을 정도였다. 그 모습이 답답해 보였는지 친구는 내가 든 그릇을 집어 들고는 나와 비교도 안 되게 빠른 속도로 휘젓기 시작했다. 몇 번 본 적 있는 친구의 공연 모습이 떠오를 정도로 열정적이었다. 마치 베토벤 같았다. 격정적인 연주가 한바탕 끝나자 그는 보기 좋게 모양이 잡힌 머랭을 보여주며 "나이스~" 하고 말한 뒤 솜씨 좋게 중탕된 초콜릿에 머랭과 휘핑크림을 섞어 틀에 담아 냉장고에 넣었다.

초코무스가 굳는 동안 우리는 머물던 아파트 옥상에 올라갔다. 우리나라 아파트 옥상과 달리 쉽게 올라갈 수 있었는데, 사람이 서 있을 곳 하나 없이 경사가 완만한 지붕만 있는 굉장히 위험한 곳이었다. 그렇지만 그곳에서 내려다보이는 끝없이 펼쳐진 베를린 시내의 모습 때문에 내려가고 싶다는 생각이 들진 않았다. 때마침 지평선으론 해가 지고 있어서 더욱 그랬다.

친구는 한두 번 올라와본 게 아닌 듯 성큼성큼 걸어서 지붕 끄트머리에 있는 난간에 기대서서 말했다.

"베를린에서 생활해보는 것도 좋을 거야. 물가도 싸고, 학생들을 위한 도시니까. 있다 보면 기회도 생기겠지."

나는 조심조심 지붕 한 켠에 발을 디디며 말했다.

"하지만 나는 회사에 가야 해."

친구는 "너는 회사를 정말 좋아하는구나"라고 말하며 난간에 올라섰다. 너무나 위태로운 모습에 바람이 불어 친구가 떨어지기라도 하면 어떻게 하나 하는 생각이 절로 들었다.

"좋아한다기보단 그래야 하니까."

나는 조금 떨어진 바닥에 앉아 그 모습을 바라만 보았다. 위험한 건 질색이었다. 난간뿐만이 아니다. 미국도, 베를린도 내겐 위험해 보였다. 그땐 그랬다.

주방으로 돌아와 냉장고를 열어보니 초코무스는 적당히 굳어 있었다. 우리는 대접에 담긴 초코무스를 각자의 그릇에 양껏 담아 나눠 먹었다. 식당에서 몇 번 먹어본 적은 있지만, 모자람 없는 맛이었다.

"이렇게 쉽게 만들 수 있다니" 하고 감탄하자 친구는 웃으며 말했다. "나이스~."

귀국한 뒤 초코무스를 만들어보려 몇 번 시도했지만 대개는 실패했다. 기억을 더듬어 친구가 했던 것과 같은 순서로 만들었지만 질척거리는 초콜릿 죽이 될 뿐이었다.

사는 것도 마찬가지다. 뜻대로 되는 경우는 드물었다. 그렇게 염원하던 회사에 갔으나 얼마 못 가 그만두었다. 내 모습을 친구가 본다면 웃으며 말하겠지. "나이스~"라고.

몽블랑

즐겁게 잘 살면 그것으로 충분하다

작가로 불린 지 6년. 부지런히 살았다.

내 이름을 달고 나온 책이 벌써 열두 권. 매년 두 권씩 만들어온 셈이다. 이런 나를 두고 '회사원처럼 일한다'는 사람도 있었다. 맞는 말이다. 나는 매일 매일, 쉼 없이, 되든 되지 않든, 꾸역꾸역 쓰고 그렸다. 설령 쓰고 싶은 마음이 없어도, 그리고 싶은 마음이 없어도, 회사원이 업무를 하듯 마감을 쳐냈다.

"창작욕이 있는 건 아니에요." 한 인터뷰에서 이런 말을 한 적이 있다. "회사로 출근해 일하듯 작업실에 앉아 일할 뿐입니다."

건방진 소리지만 대단한 작품을 만들고 싶다는 바람은 없다. 그럴 깜냥도 안 된다. 그저 낙엽을 치우고 잡초를 뽑듯 감흥 없이 일하며 살아왔다. 창작하는 사람으로서 바람직하다고 할 순 없겠지만, 이런 느슨한 태도로 임했기에 지금까지 버틴 건 아닐까 싶다.

대수롭지 않은 글을 쓴다. 별 것 없는 그림을 그린다. 모두가 열심히 살아갈 것을 강요하는 이 사회에선 하등 도움이 안 되는 인간이고, 결과물이다. 운이 좋아 먹고 살고는 있지만 위대한 것을 이루지는 못할 것이다. 머지않은 미래에 사라지는 건 물론, 당장에라도 대체할 사람은 많다. 참 무상하다. 새삼 허탈한 마음이 들었다. 그래서일까. 일이 손에 잡히지 않아 잠시 내려놓고 한적한 공원으로 향했다.

무더위는 지나갔지만, 볕은 아직 따가웠다. 무턱대고 모래밭에 앉았다. 얼마 만인지 기억도 나지 않았다. 조금 떨어진 곳에선 아이들이 모래 놀이를 하고 있었다. 수돗가에서 물을 받아와 모래에 버무려 성을 쌓고, 댐을 만드는 중이었다. 부질없는 짓이다. 아무것도 남지 않는다. 하지만 아이들은 매우 열중하고 있었고, 즐거워 보였다.

놀고 있는 아이들에게 누군가 다가와 "무의미한 일을 잘도 하는구나"라고 말해봤자 귓등으로도 듣지 않을 것이다. 그 누군가가 내게 다가와 "무의미한 글을 잘도 쓰는구나"라고 한다면 나는 어떻게 받아들일까. 뭐라 답할 수 있을까.

공원을 벗어나니 카페가 있었다. 들어가 커피를 주문하는데 진열장에 놓인 밤 모양 케이크가 보였다.

"이건 뭐죠?"

하얀 유니폼을 입은 직원이 답했다.

"몽블랑 같은 겁니다."

몽블랑도 아니고 몽블랑 같은 거라니. 그건 도대체 무슨 맛일까 궁금해 하나 시켰다.

몽블랑은 조반니 플라티나라는 이탈리아 요리사가 알프스 산맥의 최고봉인 몽블랑에서 영감을 얻어 만든 디저트다. 밤으로 만든 마론 크림에 머랭과 샹티이 크림을 올려 원뿔 모양을 만든 뒤, 하얀 슈거 파우더를 뿌려 눈 덮인 몽블랑 정상의 모습을 표현하는 게 특징이다(원래는 앞의 그림과 같은 모습이어야 한다). 하지만 이곳에서 파는 몽블랑은 모양도, 색도 몽블랑과는 전혀 연관이 없어 보였다. 이래서야 몽블랑이라고 부를 수도 없겠구나 싶었는데, 이름 역시 조금 달랐다. 그래서 '몽블랑 같은 것'이겠지만.

몽블랑 같은 케이크와 커피가 든 쟁반을 들고 테라스 좌석에 앉았다. 공원엔 모래 놀이를 하던 아이들은 사라지고 초등학생쯤 돼 보이는 아이 셋이 야구를 하고 있었다. 인원이 부족해 한 명이 던지고, 한 명은 받고, 다른 한 명은 칠 뿐이라 야구라고 할 수도 없었다. 역시 부질없다. 하지만 저 아이들은 그런 것 따윈 신경 쓰지 않겠지. 포크를 들어 몽블랑 같은 케이크를 한 입 잘라 입에 넣었다. 피식 웃음이 나왔다. 정말 몽블랑 같은 맛이었다. 이럴 거면 뭣 하러 모양을 바꾸고, 이름도 달리했나 싶을 정도로 몽블랑 같았다.

아무렴 어떠냐. 모래로 성을 쌓건, 셋이서 야구를 하건, 애써 몽블랑 같은 것을 만들건, 더 이상 무언가를 이루지 못하는 글을 쓰건. 아무렴 어떠냐. 그렇게 생각하니 문득 홀가분해졌다. 되고자 하는 것이 없으니 뭐가 되든 상관없다. 주어진 기회에 충실하며 묵묵히 살아낼 뿐이다. 만드는 것마다 변변치 않지만, 꾸준히 한다면 그럭저럭 봐줄 만한 것을 만들어낼 수도 있겠지.

그리고 언젠가 모든 것이 끝나고 긴 잠이 드는 날, "그런 무의미한 삶을 잘도 살았구나" 하고 누군가 말한다면 "하지만 즐거웠다고"라고 웃으며 답할 것이다.

밀크티

쏘리 쏘리 쏘리 쏘리

대만에 갔다. 아니, 도망쳤다. 출발 당일도 새벽까지 일했다. 도망치면서 끝까지 일을 붙잡고 있는 꼴이 우스웠다. 먼동이 터 오는 고속도로를 차를 타고 달리며 생각했다. 쉬고 싶다. 아무도 나를 모르는 곳에서, 내가 아닌 채 쉬고 싶다.

3년 전, 장편 연재를 마친 뒤 작업실을 얻었다. 생활과 업무를 분리하기 위해 작업 도구를 작업실에 옮겼다. 10평이 채 안 되는 오피스텔에서 혼자 빈둥대다 예전에 사둔 비올라를 가져왔다. 언젠가는 음악을 하고 싶었다. 그래서 갓 입사해 돈을 벌기 시작했을 때(전자피아노와 마찬가지로) 사놓고 방치해둔 것이다. 시간이 생겼으니 한번 시작해볼까 싶었다. 그러나 소리가 나지 않았다. 나는 몰랐다. 비올라는 활에 송진을 발라야 연주를 할 수 있다는 사실을. 한참을 혼자 낑낑대봤지만 잘되지 않아 별 수 없이 레슨을 받기 시작했다.

일주일에 한 번 한 시간. 짧다면 짧지만 그 몇 배의 시간을 연습했다. 연재를 쉬고 있어 가능한 일이었다.

"취미인가요?"

비올라 선생님이 물었다. 보통은 음대를 지망하는 학생들이 레슨을 한다고 했다.

"네, 뭐. 비슷합니다."

"요즘은 성인도 레슨 많이 하세요. 좋은 취미니까요."

"이제부터라도 매진해 오케스트라에 들어가고 싶습니다"라는 말이 목구멍까지 올라왔지만 잠자코 있었다. 안 믿을 것이 분명했다.

더디지만 실력이 늘어 한 달 정도 지났을 즈음엔 <학교 종이 땡땡땡>을 연주할 수 있게 되었다. 일이 들어오기 시작한 것도 그 무렵이다.

간만에 손에 쥔 시간을 빼앗기기 싫어 직원을 뽑았다. 좁은 오피스텔에 책상이 두 개로 늘었다. 교습은 계속했다. 일도 계속 들어왔다. 직원을 한 명 더 뽑았다. 원래 있던 책상 두 개는 직원들이 쓰고, 나는 접이식 책상에 앉아 일했다. 그러나 일은 점점 많아지고, 그만큼 연습 시간은 줄어 교습만 간신히 받는 지경이 되었다.

"연습 안 하시나 봐요. 레슨 때만 연습을 하면 의미가 없어요"라고 선생님이 말했다.

"일이 많아서요."

시간을 얻기 위해 쉬지 않고 일했는데, 원점으로 돌아온 셈이었다.

교습받을 시간도 부족해졌다. 일하는 중간에 교습을 받게 되었고, 직원들은 쉬게 하였다. 그마저도 오래가지 않았다. 일은 점점 많아져 잔업이 이어졌다. 직원들은 나날이 지치고, 추가 수당의 총합이 한 명분 인건비를 뛰어넘어 직원을 더 뽑았다. 네 명이 근무하기엔 오피스텔이 비좁아 근처 사무실로 이전했다. 그렇게 교습은 끝이 났다. “틈틈이 연습하셔야 해요”라고 비올라 선생님은 말했다. “네”라고 답했지만 비올라는 다시 어딘가에 처박혔다.

그 뒤로는 재미없는 얘기다. 이제는 일이 끊기면 안 되는 상황이 되었다. 직원이 한 명일 때는 없던 책임감이 생겨 안 해도 될 일까지 받았고, 일이 없으면 불안해 쉴 틈이 생겨도 쉬지 못했다. 잠을 자려다가 한밤중에 사무실에 가기도 했다. 그마저 번거로워 이내 집에도 작업 도구들을 마련했다. 원점으로 돌아간 정도가 아니었다. 몇 개의 일을 하고 있는지 모른 채 시간은 흘러만 갔다.

무턱대고 도착한 대만의 타이중시. 밤을 새우고 도착해 가장 먼저 한 일은 잠을 잔 것이다. 하루 5만 원짜리 숙소는 터무니없이 넓었다. 그 넓은 공간에 침대와 텔레비전, 작은 냉장고 하나뿐이라 더욱 허허롭게 느껴졌다. 침대에 누워 눈을 감았다. 들리는 건 에어컨 소리뿐이었다. 아무것도 생각할 수 없을 만큼 피곤했고, 실제로 아무것도 생각하지 못했다.

만화를 처음 그리기 시작할 때 특별한 기대는 없었다. 몇 달이라도 돈을 벌 수 있다면 그만이었다. 배운 적도, 해본 적도 없는 일이라 바라는 것이 없었다. 운이 좋아 데뷔작으로 상을 받았다. 해외 진출도 했다. 인터뷰도, 사인회도 적잖이 했다. 두 번째 그린 만화는 연재 시작과 함께 영화 판권이 팔렸다. 이어 드라마 판권도 팔렸다. 이상할 정도로 순조로웠다. 그게 두려웠다. 잠시 멈추고 숨을 고르기 위해 만든 작업실인데 일은 비할 수 없이 많아지고, 급기야 정신을 차릴 수 없는 지경이 되어 도망치는 신세가 됐다.

복에 겨운 소리다. 쉽게 이해받을 수 없는 고통이다. 그래서 스스로도 이해하지 않았다. 물이 들어왔으니 노를 저으면 된다고 생각했지만, 실상은 감당할 수 없는 상황에 서서히 잠겨들고 있었다. 애당초 내가 바란 건 비올라를 연주하는 것이었다. 그 정도의 여유였다.

깨어나니 밤이었다. 그사이 많은 연락이 와 있었다. 해야 하는 일에 대한 의뢰부터, 하는 일에 대한 보고, 해야 했던 일에 대한 독촉까지. 다른 나라로 도망쳤으나 허사였다. 착실하게 로밍을 한 내 탓이다. 머리가 복잡해 숙소를 나왔다. 눈에 띄는 아무 노점에나 들어가 쩐주나이차를 하나 주문했다. 버블티라는 이름으로 한때 유행했던 그것이다. 띠리리~ 휴대폰 벨이 울렸다. 지난주까지 원고를 줬어야 하는 편집자였다.

'전화를 받을 수 없으니 문자로 알려주세요.'

문자를 보냈다. 받을 수야 있었지만 받고 싶지 않았다. 그런다고 일이 사라지지는 않으나 일단 나는 도망 중이니까.

'이번 주까지는 원고 꼭 넘겨야 해요.'

편집자에게 문자가 왔다.

'지금 열심히 하고 있습니다!'

거짓말이다. 하늘이 무너져도 이번 주에는 못한다. 다음 주나 한국에 돌아갈 거니까 불가능하다. 담당자는 번번이 약속을 지키지 않는 내게 화가 많이 난 지 오래였다. 아니, 그걸 넘어서 포기하기 시작한 상태였다. 아마 이 일이 끝나면 나와의 연도 끝낼 것이다. 적어도 반년 동안은 만나는 모든 사람에게 내 욕을 할 수도 있다. 가슴이 답답했다. 어쩌자고 이 지경이 된 걸까. 왜 나는 감당도 하지 못할 일들을 다 맡아버린 걸까.

살아계실 적 아버지는 말했다.

"너는 어리석은 새끼야. 가장 큰 문제는 네가 어리석다는 사실을 모른다는 거야."

부정하지 않았다. 내게 문제가 있다고는 생각하지만 그게 뭔지에 대해 생각해본 적이 없었다. 알고 싶지 않았다. 문제가 있지만 그걸 모르고 산다면 문제되지 않는다고 믿었다. 어리석은 사람의 전형이다.

"그러니까 어디 가서 네가 가진 걸 다 보여주지 마. 가진 게 얼마 없어서 금방 밑천 드러나니까."

그 말엔 긍정도, 부정도 하지 않았다. 무슨 말인지는 알겠지만, 뭐라 대답해야 할지를 몰랐다. 가진 게 얼마 없는 건 사실이다. 하지만 어차피 가진 게 없다면 초장부터 공개하는 게 뭐가 나쁜가 싶었다. 실망하고 떠날 사람은 일찌감치 떠나는 것이 좋다고 생각했다.

아버지의 말은 그런 뜻이 아니었다. 내가 마치 뭐라도 할 수 있는 사람인 양 가진 모든 걸 시작부터 펼쳐놓으면, 누군가 내게 기대를 하게 된다. '저 사람은 뭔가를 더 가지고 있을 것이다'라는 그릇된 판단을 한 그 사람은 내게 다가와 기회를 줄 것이다. 하지만 나는 더 가진 게 없다. 이게 전부다. 하지만 기회가 주어졌으니 실망시키고 싶지 않다는 생각에 스스로를 쥐어짠다. 그렇게 쥐어짜내 만든 무언가를 본 다른 누군가가 또 같은 오해를 하고, 새로운 기회를 내게 내민다. 나는 이제 더 이상 나올 게 없지만 다시금 비틀어 짜고, 이내 몸이고 정신이고 형체를 알아볼 수 없이 너덜너덜한 지금이 된 것이다.

그러니, 쉬어야 한다. 밑천이 금세 동나는 인간이라 금방 한계에 다다라 일하다 말고 팽개친 채 도망친 신세지만, 뭐라도 더 짜내기 위해 스스로를 적셔야 했다. 그래야 일도 할 수 있다. 담당자의 화난 목소리가 머릿속을 맴돌아 안절부절하지만 이게 나라는 사람의 바닥이다.

"따거! 따거!"

점원이 힘찬 소리로 나를 불렀다. 밀크티가 완성되었다. 힘차게 "쒜쒜!" 외치며 받아들었다. 덥기 때문일까, 불안한 마음 때문일까. 커다란 컵에 담긴 밀크티를 아프리카 물소처럼 꿀렁꿀렁 빨아마셨다. 좀 더 묽은 것 외엔 한국에서 먹던 낫과 별반 차이가 없었다. 하지만 뭔가 충전되는 기분이었다(실제로 당이 충전됐지만). 반쯤 마시고 나니 바싹 메말라 당장이라도 바스라질듯한 마음이 흐물흐물해졌다. 그냥 하는 말이 아니다. 방금 전까지 들리던 담당자의 환청이 볼륨을 줄이듯 사라지고 얼굴이 떠오르지 않더니 이름이 뭔지도 모르는 지경이 됐다. 마음속 가득하던 조바심과 두려움도 연기처럼 흩어졌다. 동시에 언제나 안개가 낀 듯 희뿌옇기만 해 뭐 하나 떠오르는 게 없던 머릿속에서 오랫만에 선명한 생각이 떠올랐다. 마치 <스타워즈> 오프닝 타이틀처럼 웅장한 배경음악과 함께였다.

'어쩌겠어. 나를 잡으러 대만까지 올 것도 아닌데.'

앉은 채로 밀크티를 다 마신 나는 택시를 잡아타고 야시장으로 향했다. 라디오에선 슈퍼주니어의 노래가 흘러나왔다. 쏘리 쏘리 쏘리 쏘리. 실로 내 마음 그대로였다. 흥이 난 내가 따라 부르자 운전사가 물었다.

"아유 싱어?"

잘못 들은 건가 싶었지만 답했다.

"노. 아임 뮤지션."

택시는 번화한 밤거리를 달려갔다. 나와 전혀 상관없는 사람들이 나와 상관없는 풍경 속을 오토바이를 탄 채 바삐 오갔다. 나는 택시 안에서 그 모습을 바라보며 태평하게 다짐했다.

'한국에 돌아가면 다시 비올라를 연습하자.'

파운드케이크

어머니의 진짜 마음

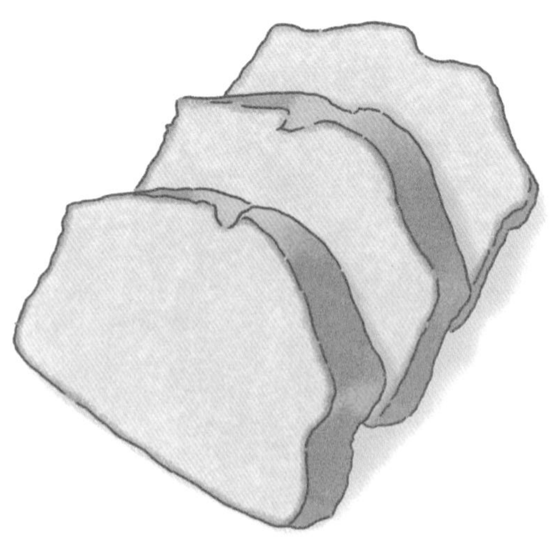

어머니는 나와 음식 취향이 겹치지 않는다. 예를 들면, 나는 게와 새우 중에 새우를 좋아한다. 상대적으로 먹기 편하기 때문이다. 어머니는 게를 좋아한다. 나는 번거로워 손도 대지 않는다. 닭도 나는 야들야들한 날개가 좋은데 어머니는 퍽퍽하기만 한 가슴살을 좋아한다. 생선 역시 나는 가시가 적고 살이 많아 먹기 편한 삼치를 좋아하지만 어머니는 살보다 가시가 더 많은 것 같은 갈치를 좋아한다. 어쩜 이렇게 내 입에 맛있는 것들만 싫어하는지, 어릴 적엔 천만다행이라 생각했다.

자라나며 의심이 생겨났다. 자식을 위해 일부러 맛있는 것을 양보하는 부모 마음일 거란 생각에서다. 어머니는 무언가를 좋아한다 먼저 말한 적이 없었다. 언제나 나와 동생이 택하고 난 뒤 남는 것을 좋다고 했다. 감자탕에 들어간 고기를 우리가 다 건져 먹고 나면, 감자를 집으며 "감자탕은 감자가 제일 맛있어" 하는 식이었다. 한 번은 진심인지 떠보기 위해 "엄마. 그러다 할머니 되면 '우리 엄마는 원래 감자를 좋아하니까'라면서 감자만 줄지도 몰라"라고 말했다. 그러자 어머니는 "하지만 진짜 감자가 좋아"라고 답했다.

이것이 내리사랑인 걸까. 어머니는 그런 태도를 사십여 년째 일관성 있게 유지해왔다. 하지만 아무리 사랑이 애틋해도 곧 마흔이 되는 자식에게 굳이 좋아하는 것을 양보할 필요는 없을 텐데. 어쩌면 세월이 흐르는 사이 취향마저 변한 것은 아닐까 싶기도 했다. 젊어 시집살이를 하며 시어머니가 고기를 먹지 못하게 하는 바람에 결국 고기를 못 먹게 되었다는 고모 이야기도 떠올랐다. 안타까운 일이다. 한 번은 어머니에게 그러시면 안 된다고 말을 했다. 때는 어머니 생신날이었다.

평소 다른 가족의 생일 땐 과일이 잔뜩 올려진 생크림케이크를 먹었다. 부드러운 크림이 올려진 촉촉한 케이크는 환상적인 맛이었다. 하지만 어머니 생신 땐 늘 퍽퍽하기만 한 파운드케이크를 먹었다. 어머니는 늘 "나는 생크림케이크는 느끼해서 파운드케이크가 좋아"라고 했지만, 파운드케이크가 싸기 때문이란 건 쉽게 짐작할 수 있었다. 그래서 한 번은 생크림케이크를 사갔다. 가격이 두 배는 더 비쌌다.

어머니는 "아니, 왜 생크림케이크를 사왔어?"라며 놀랐다. 이어 "나는 파운드케이크가 좋은데…"라고 덧붙이는 것도 잊지 않았다. 그 모습이 안쓰러우면서도 울컥 화가 났다.

"엄마! 거짓말하지 맙시다! 장식도 없고 맛도 없는 이 케이크 같지도 않은 케이크를 언제까지 생일 케이크로 하려는 겁니까! 이제는 생크림케이크로 합시다!"

나는 조금 격양된 목소리로 말했다. 이제는 나도 돈을 벌고, 더 이상 어떤 케이크를 사느냐를 두고 망설이지 않을 수 있게 됐으니, 어머니가 생크림케이크의 달콤함을 당당히 누리길 바랐다. 층층이 쌓여 올려진 과일을 양보하지 않았으면 했다. 꼭 케이크에 국한된 이야기는 아니었다. 평생을 살아오며 자식들 때문에 미뤄왔던 즐거움을 되찾았으면 싶었다. 남은 삶이나마 스스로가 원하는 것에 솔직하게 살아가길 바랐다.

어머니는 내 말을 듣고 조용히 상 위에 올려진 생크림케이크를 한 번 바라보더니, 이윽고 나를 향해 말했다.

"아니, 너는 내 말을 뭐로 듣는 거야. 나는 파운드케이크가 좋다니까. 이렇게 느끼한 건 너나 먹어."

파운드케이크는 영국에서 유래한 것으로, 이름처럼 설탕과 버터, 밀가루와 계란을 각각 1파운드씩 넣어 만든다. 단순한 영국 음식답게 특별한 조리 과정은 없어 그저 모든 재료를 한데 섞어 틀에 담아 굽기만 하면 끝이다. 직접 만들어 먹어본 적은 없으나, 어릴 적부터 매년 어머니의 생일날 먹어왔다. 어머니는 진심으로 파운드케이크를 좋아한다. 그렇게 좋아하면 한 번 만들어봄직도 한데, 그건 또 싫은 것 같다.

핫도그

세계 평화의 조건

길을 걷다 보면 심심치 않게 핫도그 체인점을 마주친다. 위생적인 시설에서 주문 즉시 튀겨주니 맛이 좋다. 가격도 저렴하고 종류도 다양해 고르는 재미까지 있다. 십여 년간 한 번도 사 먹지 않았던 나조차도 근래 들어 종종 사 먹는다. 식사에 가까운 음식이지만, 그래도 끼니를 핫도그로 때우진 않으니 디저트로 쳐도 될 법하다.

별 상관은 없지만, 우리가 핫도그라 부르는 것의 정식 명칭은 '콘도그'다. 1830년께 텍사스 공화국(19세기 존재했다가 미국에 흡수된 나라) 시절 독일계 이민자들이 만들어낸 음식이라는데, 어찌된 게 한국에서는 핫도그라고 불린다. 원래의 핫도그는 빵을 반 갈라 그 사이에 소시지를 끼워넣은 것으로 우리나라에서는 이것도 핫도그라고 부른다. 헷갈리지 않기 위해 '미국식'이라고 덧붙여 말하기도 하는 걸 보면, 종래의 핫도그는 '한국식'인가 보다. 사실 어찌 부르건 상관없다. 핫도그는 핫도그일 뿐이니까.

어릴 적 이모 집에 가면, 한참을 걸어 오락실에 가곤 했다. 오락실이라고 해봤자 10평이나 될 법한 공간에 오락기가 듬성듬성 예닐곱 개 놓여 있을 뿐. 최신 게임도 없어 몇 해를 가도 여전히 '테트리스'와 '보글보글'과 '곤드라'가 자리를 지키고 있었다. 그래서일까. 사람도 없었다. 20여 분을 걸어 도착한 오락실에서 그냥 가기는 아쉬워 동생과 함께 오락 몇 판을 하곤 했다. 재미는 없었다. 허망했다. 시간도 돈도 아깝게만 느껴졌다. 아무리 잘해봤자 현란한 솜씨에 감탄해줄 구경꾼이 없으며, 인기 많은 게임에 돈 걸어놓고 기다리는 기대감도 없었기 때문이 아닐까 싶다. 있는 거라곤 혼이 빠져나간 표정으로 텔레비전을 보며 하품을 하는 주인 할아버지뿐이었다. 그마저도 수시로 자리를 비워 빈 창고에 와 있는 기분이 들곤 했다.

의무감에 오락을 하고 나오면, 맞은편 분식집에 갔다. 말이 분식집이지, 그 어디에도 분식집이라는 정보가 없어 처음에는 그곳이 분식집인지도 몰랐다. 부실한 미닫이문을 열고 들어서면 단 한 번도 손님이 있는 것을 본 적이 없는 매장 안에 우울한 표정으로 텔레비전을 보고 있는 아주머니만 앉아 있었다. 그곳에서 무엇을 먹는가 하니 바로 핫도그다. 가격은 50원으로 매우 쌌다.

하지만 싼 것은 이유가 있는 법. 서울에서 사 먹던 핫도그의 반 토막밖에 안 되는 짤막한 길이에, 모양은 야구공처럼 동그랗게 생겨 핫도그라 부르기도 애매했다. 처음엔 '길이가 짧은 대신 두꺼운 소시지를 쓰나' 싶어 내심 기대했는데, 한 입 깨물어보니 입안 가득 들어오는 건 밀가루 반죽뿐 소시지는 없었다. 이상하다 생각하며 다시 한 입을 먹어도 소시지는 나타나지 않았다. 귀신이 곡할 노릇이다. 다시 한 입을 베어 물자 그제야 소시지가 모습을 드러내는데, 내가 알던 그 소시지가 아니다. 돼지고기로 만들어 육즙이 터져 나오는 소시지가 아닌, 달걀 물을 입혀 지진 뒤 도시락 반찬으로 먹던 빨간 어육 소시지가 몽당연필만 한 크기로 깎여서는 젓가락에 끼워져 있었다. 그 조그만 소시지를 신묘한 기술로 주먹만 하게 반죽을 입혀 튀겨 핫도그라고 팔고 있었다.

핫도그가 아닌 듯싶지만 아슬아슬하게 핫도그다. 내가 알던 것과는 현저히 다르지만 일단은 밀가루 튀김 안에 소시지가 들어는 있고, 조리 과정도 같다. 일종의 변형인데, 그것이 악의적인지 어떤지는 알 수 없었다. 아주머니는 황망한 우리 표정을 보고도 조금도 동요하지 않았다.

어쩌면, 아주머니는 핫도그라는 음식을 먹어본 적이 없는 게 아닐까. 누군가에게 '서울에서 핫도그라는 음식을 파는데, 이러이러하더라'라는 말만 듣고 나름 창의력을 발휘해 재현해낸 것일지도 모를 일이다. 자신도 만들어놓고 보니 돈 받고 팔기 미안한 마음이 들어 50원이라는 파격적 가격을 책정했겠지.

핫도그는 뭐가 됐건 핫도그다. 감자튀김이 덕지덕지 붙어 있건, 소시지 대신 모차렐라 치즈가 들어 있건, 내 새끼손가락 두 마디만 한 빨간 소시지가 들어 있건 핫도그라고 하고 판다면, 핫도그다. 그렇게 생각하고 먹으면 세계는 평화롭다.

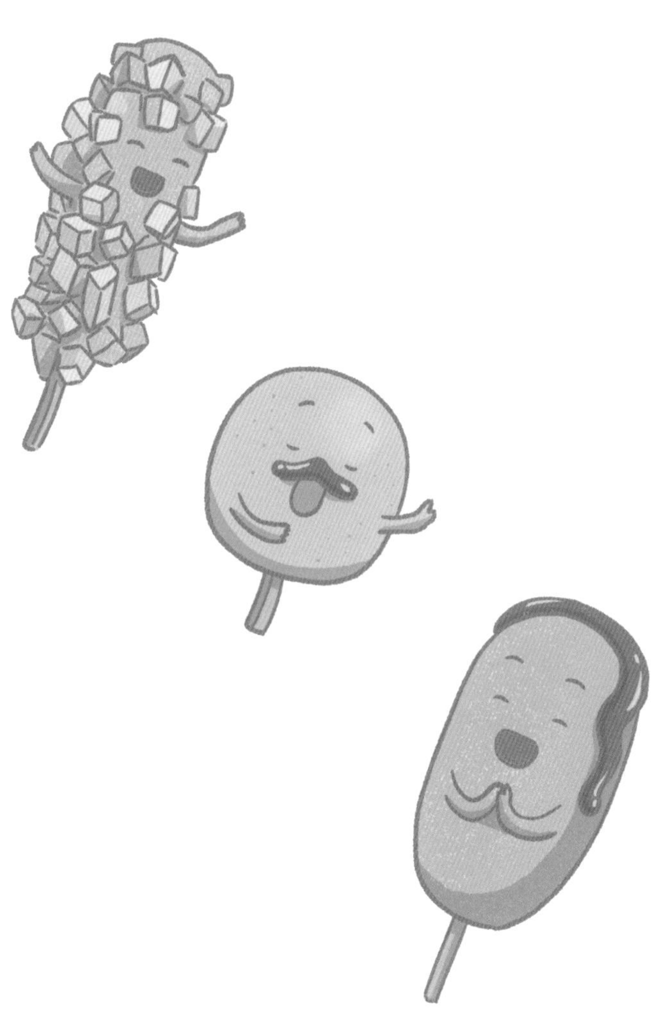

딱 주스

그때 그 아이는 잘 자랐을까

베트남 호치민에 갔었다. 별다른 이유는 없다.

해가 빨리 떠서인지 하루가 일찍 시작했다. 아침 7시에 일어나 숙소를 나서니 거리는 오토바이를 타고 출근하는 사람들로 가득했다. 일찍 출근하는 걸 미덕으로 삼는 한국인인 내가 보기에도 놀라울 정도로 많은 인파였다. 영업을 시작한 가게도 많았다. 문을 연 카페엔 가게 밖 테이블까지 사람들이 가득했다. 나도 한쪽에 앉아 '카페스어다'를 시켰다. 진하게 탄 커피 믹스에 얼음을 가득 부은 맛이었다. 가격은 한 잔에 2만 동으로 한국 돈으로 1000원이었다. 쌌다. 커피뿐만이 아니었다. 대개의 것들이 쌌다. 관광객 입장에서야 좋지만, 아무리 생각해도 이해할 수 없는 저렴함이었다.

그 이유를 알고 싶어 커피를 마시며 검색을 해보았다. 베트남 노동자의 평균 급여는 월 30만 원이었다. 이는 어디까지나 호치민 기준으로, 지방 도시로 가면 10만 원대로 내려간다. 대한민국 월평균 급여의 약 10분의 1인 셈이나. 그렇게 따지니 지금 마시는 커피는 베트남 사람에겐 1만 원짜리였다. 실질 물가로 따졌을 때 한국 대비 두 배가 넘는 정도라 싸지만 싼 게 아니었다. 그 이유가 뭘까 싶어 좀 더 알아봤다.

베트남의 총인구는 약 9750만 명(2019 통계청 KOSIS 기준)으로, 그중 20세 미만이 약 50%인 4700만 명 정도다. 반면 우리나라는 총인구 5200만 명 중 20세 미만이 880만 명으로 전체 인구 대비 17%를 조금 넘는 정도다. 베트남과 비교했을 때 젊은 인구가 5배 이상 차이가 났다. 베트남은 공급되는 노동 인력이 압도적으로 많아 인건비가 저렴하다. 그래서 많은 외국 기업이 베트남에 생산 공장을 운영하고 있었고, 많은 베트남 사람이 생산직으로 일하고 있다고 했다. 나라 자체가 거대한 외주 공장이라 해도 틀린 말은 아니었다.

그게 나쁘다는 건 아니다. 우리나라만 하더라도 그런 시기를 거쳤으니 개발도상국들이 으레 거치는 수순일 수도 있다. 하지만 매년 오르는 물가와 최저임금 때문에 머지않은 미래에 저렴한 인건비라는 매력을 잃은 외국 자본이 인건비가 더 저렴한 나라를 찾아 떠나면, 무엇이 남을까. 이미 연약해질 대로 연약해진 베트남의 자생 산업은 그때가 왔을 때 외국 자본의 빈자리를 채

울 수 있을까. 물론 이 고민은 베트남 사람들이 가장 많이 하겠지만, 커피를 마시는 내내 그런 근심이 마음속에서 무럭무럭 자라났다.

"깜언(감사합니다)."

계산하고 돌아오는 길. 거리는 오토바이를 타고 출근하는 사람들로 붐볐다. 매연 때문인지 저마다 마스크를 쓰고 있었고, 경찰이 단속하는지 모두 헬멧을 쓰고 있었다. 반팔에 치마를 입은 여성들은 팔 토시를 하고 담요로 다리를 가렸으며, 한 오토바이에 네 명씩 타고 달리는 모습도 흔했다. 그런 사람들로 가득해 혼잡하기 그지없는 도로 옆 인도를 걸었다. 모두 오토바이를 타고 있어서일까. 걷고 있는 건 나 혼자였다.

그때, 길 한쪽에 자전거를 세워놓고 주스를 파는 할머니가 눈에 들어왔다. 사람들이 출근길에 오토바이를 세워놓고 음료를 사가는 것을 종종 봤었다. 할머니가 파는 주스는 인기가 없었다. 그도 그럴 것이 아이스박스를 얹은 오토바이 옆에서 이런 저런 과자와 함께 음료를 파는 다른 상인에 비해 할머니의 자전거는 너무나 볼품없었다. 노란 플라스틱 바구니 안엔 뭔지 모를 과일즙이 담긴 페트병과 컵, 설탕과 얼음뿐. 게다가 자전거 옆엔 손녀 같아 보이는 아이가 잠옷을 입은 채 길바닥에 앉아 인형을 가지고 놀고 있었다. 왠지 마음이 무거워지는 풍경이었고, 그게 내 발길을 잡았다.

주문은 어려웠다. 할머니는 영어를, 나는 베트남어를 못했으며 메뉴판은 당연히 없었다. 한참을 손짓 발짓을 하던 할머니는 좋은 생각이 떠오른 듯 바구니 안에서 몇 가지 과일을 꺼내 내게 보여줬다. 하나를 고르라는 것이었다. 나는 우굴쭈굴한 라임 같은 과일을 골랐다. 우여곡절 끝에 뭔지 알 수 없는 음료를 하나 시키자 할머니는 싱글벙글 웃으며 만들기 시작했고, 그동안 나는 혼자 놀던 아이 쪽을 바라보았다. 내 시선이 느껴졌는지 아이도 나를 보고 있었다. 오늘만 특별히 따라 나온 것인지, 언제나 함께 있는 것인지 알 수 없지만 흙먼지를 뒤집어써 시커메진 인형이 그간의 시간을 짐작하게 할 뿐이었다.

주스를 다 만든 할머니는 컵에 빨대를 꽂아 내게 내밀었다. 얼마냐 물으니 할머니는 지갑을 뒤져 5000동짜리 지폐를 꺼내 보여주었다. 한국 돈으로 250원이었다. 5만 동을 꺼내주었다. 할머니는 지갑을 뒤지며 잔돈을 꺼냈으나, 나는 인사를 하고 자리를 떠났다. 할머니가 뭐라 뭐라 말하는 게 들렸지만, 나는 못 알아들은 척했다. 실제로 못 알아들었고. 그동안에도 아이는 인형을 안은 채 나를 바라보고 있었다.

둘을 뒤로 하고 돌아오는 길엔 고층 빌딩 건설 현장이 오래도록 이어졌다. '저 빌딩들이 다 만들어지는 때에 그 아이가 맞이할 미래는 어떨까' 하는 생각을 하며 주스를 마셨다. 말도 못 하게 시고 달았다. 저절로 얼굴이 찌푸려졌다. 나중에 알게 된 그 과일의 이름은 베트남 말로 '딱'이라고 했다.

벚꽃 아이스크림

인생은 귀엽게

약 7년 전, 회사를 그만뒀다. 충동적인 결정은 아니었다. 입사 후 내내 했던 생각이다. 회사 생활은 내게 맞지 않았다. 그리고 일본 오키나와로 떠났다. 충동적이었다.

그래서 무엇을 했냐면, 아무것도 하지 않았다. 창문 너머로 바다가 보이는 숙소를 잡고 열흘 정도 잠들었다 깨어났다를 반복하며 바다만 봤다. 겨울이었지만 낮 기온이 영상 20도를 웃돌았다. 아무것도 하지 않는 것도 지겨워져 차를 빌려 오키나와 전역을 떠돌았다. 가고 싶은 곳이 있던 건 아니었다. 그저 길을 따라 한참을 운전하다 적당한 곳에 멈춰 밥을 먹고, 다시 또 길을 따라 운전을 계속했다.

어느 날, 조그만 항구에 차를 대고 정자에 앉아 쉬고 있을 때였다. 조금 떨어진 곳에 심술궂게 생긴 고양이가 내 쪽을 보며 앉아 있었다. '실업자 주제에 팔자 좋구나' 하는 표정이었다. 회사를 그만둔 내게 많은 사람들이 말했다.

"배가 불렀네, 세상이 얼마나 무서운데."

배가 불렀거나, 세상이 만만해 보였던 것은 아니었다. 그 반대였다. 바닥 없는 늪 위에 떠 있는 것 같았다. 더 이상 버티다간 이대로 죽을 것만 같았다. 누가 죽이지는 않겠지만, 스스로 죽을 것 같았다. 그래서 도망쳤다. 살기 위해서였다.

항구를 떠나 덕지덕지 녹이 슨 육교를 건너 상가 거리로 향했다. 대부분 문을 닫았다. 아직 이른 시간이기 때문일 수도, 사람들이 찾지 않는 비수기 때문일 수도, 쇠락해가는 시골 변두리 상가이기 때문일 수도 있었다. 알 수 없었다. 나는 일본어를 못했고, 이곳 사정 역시 몰랐다. 내 앞의 인생만큼이나.

상가 변두리 가게 앞 벤치에 앉았다. 옆 벤치엔 젊은 부부가 아이를 데리고 앉아 핑크빛 아이스크림을 먹고 있었다. 오키나와의 명물 중 하나인 블루실이었다. 원래는 오키나와 주둔 미군을 위한 군납 아이스크림 브랜드인데, 1963년부터 민간에도 공급돼 오키나와 전역에서 판매하고 있는 대표 특산물이다. 심지어 이런 작은 도시 변두리 상가에서도 판다. 때는 마침 2월로, 오키나와의 벚꽃 축제가 시작될 즈음이었다. 그래서 그 기간 한정 '벚꽃 맛' 블루실 아이스크림을 팔고 있었다. 그들을 보고 있자니 나도 아이스크림이 먹고 싶어 벚꽃 맛을 골랐다. 벚꽃 맛 핑크빛 아이스크림이라니. 무슨 맛일까. 한 입 먹어보니 향긋한 가운데 달콤하고 시큼한 맛이 났다. 벚꽃을 먹어본 적이 없어 진짜 벚꽃 맛인지 알 수 없었지만, 나쁘지 않은 맛이었다.

그때, 길 건너편에서 납작한 모자를 쓴 할머니가 종종걸음으로 걸어오는 것이 보였다. 등에는 홀쭉한 남색 배낭을 멘 채였다. 나는 아이스크림을 먹으며 할머니를 바라보았다. 어림잡아도 100살은 넘은 것 같았다. 할머니는 걷는 속도가 매우 느렸다. 하지만 쉼 없이 걸어서는 내 옆에서 아이와 함께 아이스크림을 먹고 있던 젊은 부부 앞에 멈춰 섰다. 이윽고 할머니는 슬로모션처럼 느린 동작으로 가방을 내리더니 앞주머니를 열어 무언가를 꺼내 부부에게 건넸다. 풍선이었다. 부부는 할머니에게 "아리가토 고자이마스(고맙습니다)" 하고 말했고, 할머니는 아이를 향해 "가와이네(귀엽네)" 하고 답했다. 그 말을 한 뒤 할머니는 다시 느릿느릿 배낭을 메더니 또 어딘가로 걸어갔다. 어딘가에 있을 또 다른 아이에게 풍선을 전해주러 가는 것일까.

앞으로 무엇을 하며 어떻게 살아가야 할까. 내내 생각했지만 알 수 없었다. 하지만 문득 '저 할머니처럼 살고 싶다'고 생각했다. 구체적으로 무엇을, 어떻게 하며 살아야 하는지는 여전히 모르겠지만, 어쨌든 세상의 귀여운 아이들에게 풍선을 전하는 삶을 살고 싶어졌다. 그게 무슨 의미가 있냐 싶지만, 아빠가 불어준 풍선을 들고 덩실덩실 춤을 추는 아이를 보며 그렇게 생각했다.

ICE CREAM

사타안다기

든든한 안도감

'사타안다기'는 일본 오키나와에서 생겨난 간식으로 '설탕 튀김'이라는 뜻이다. 실제로 설탕을 튀긴 것은 아니고 설탕과 밀가루로 만든 반죽을 기름에 튀긴 도넛이다. 맛이야 특별할 게 없어 한두 번 먹고 나면 굳이 사 먹어야 할 필요까지는 느껴지지 않는다.

그래서일까. 다소 심심한 맛에 개성을 더하기 위해 녹차나 초코, 땅콩버터(심지어 카레까지) 등을 첨가한 다양한 사타안다기도 판매하지만, 어쨌거나 사타안다기는 사타안다기다. 그럼에도 잊을 수 없는 사타안다기가 있으니, 때는 내가 '벚꽃 아이스크림'을 먹으며 오키나와 어딘가를 떠돌던 때 일이다.

마침 일본은 선거 기간이었다. 일본어도, 한자도 신통치 않은 나로선 무슨 선거인지까지는 알 수 없었다. 그저 연일 확성기를 매단 선거 차량들을 보며 짐작할 뿐이었다. 지명을 알 수 없는 변두리 어딘가에서도 그랬다.

인적 없는 시골 국도를 달리고 있었다. 가까운 마을에서 삼십여 분을 달린 참이었는데, 보이는 것은 산과 논과 나무와 풀뿐이었다. 도로 양쪽으로는 과장을 보태 차 높이만큼 길게 자란 풀들이 빼곡했다. 평지인데도 구불구불한데다 가로등 하나 없었다. 풀숲에서 갑자기 키가 2미터는 되는 털북숭이 괴물이 튀어나와도 그럴 수 있겠다는 생각이 들 정도로 외진 곳이었다.

그런 불안한 길을 달리고 있는데 저 멀리 선거 차량이 보였다. 전혀 예상치 못한 곳에서 선거 운동을 하고 있어서 귀신에 홀렸나 싶었다. 단 한 명의 유권자라도 소중히 생각하는 것인지 아니면 허를 찌르는 유세를 통해 부동층의 마음을 돌려보려는 것인지는 모르겠지만 간만에 본 사람이라 우선 반가웠다. 차가 가까워지니 후보 내지는 관계자로 보이는 사람과 몇몇 선거 운동원이 차에서 내려 내 쪽을 바라보고 있었는데, 그들도 놀란 건 마찬가지였는지 매우 반가워 보였다. 그리고 이내 확성기를 들고(짐작건대 공약이랄지 포부 같은 것을) 열정적으로 외쳐댔다.

애석하게도 나는 한마디도 알아듣지 못했지만, 그런 사정을 모르는 그들은 맹렬히 전하고자 하는 메시지를 외치고 또 외쳤다. 옆에 선 선거운동원들 역시 손에 든 패널을 높이 치켜들고 박자에 맞춰 흔들어댔다. 쓸쓸한 장면이었다. 서로가 서로를 이해하지 못한 채 공존하는 것은 더 깊이 고독해질 뿐이란 것을 새삼 깨달았다. 그냥 지나칠 수 없어 창문을 열고 손을 들어 파이팅 자세를 취해줬다. 고된 유세로 지친 와중에 응원이 힘이 되었을까. 그들은 멀어지는 내 차를 향해 연신 허리를 굽혀 인사하며 확성기로 "아리가토 고자이마스(고맙습니다)!" 하고 외쳤다. 고맙기도 하고, 미안하기도 했다. 어쨌든 서로에게 힘이 되었다. 그러면 된 거겠지. 이 넓고도 작은 별에서 한순간 스친 인연이라도 좋은 기억으로 남을 수 있다면 된 거겠지.

얼마 가지 않아 휴게소에 들렀다. 오가는 차가 없는 길인데도 주차장에 차가 빼곡했고 사람들이 바글거렸다. 짐작건대 마을 축제날인 듯했다. 사람들은 서로 아는 듯 대화를 주고받으며 웃었고, 죽 늘어선 스낵 코너에선 오코노미야키나 야키소바, 다코야키 등을 팔고 있었다. 둘러보다 사타안다기 매장 앞에 멈춰 섰다. 보통 사타안다기는 아기 주먹만 한 크기인데, 이곳에선 최홍만 선수의 주먹만 한 것을 팔고 있었다. 이유가 뭘까. 새로운 맛을 첨가한 사타안다기와는 다른 방향으로 다양성을 추구한 결과일까. 어쩌면 원래 이 마을에선 다들 이 크기의 사타안다기를 먹어왔을지도 모른다. 시작이 누구인지는 알 수 없고, 알아도 별 의미 없지만.

사타안다기를 하나 샀다. 묵직한 게 작은 볼링공 같았다. 갓 튀겨 뜨끈한 사타안다기를 들고 차에 올라타 시동을 걸며 한 입 베어 물었다. 부르릉. 천천히 휴게소를 빠져나왔다. 해는 산을 넘어가 밤이 되었고, 백미러로 보이는 사람들은 여전히 즐거워 보였다.

그들을 뒤로 하고 다시 구불구불 이어진 길을 따라 차를 몰았다. 손에 든 사타안다기를 한 입 더 먹었다. 맛있다. 고소하고, 달콤했다. 아까 본 선거 일행들도 휴게소에 들를까. 어쩌면 이 거대한 사타안다기를 하나씩 들고 먹으며 '오늘 참 힘들었지만, 아까 손을 들어 응원해준 그 사람 덕에 마지막에 기분 좋았지' 하는 이야기를 나눌지도 모를 일이다.

그런 생각을 하며 또 한 입 먹었다. 따듯함은 여전하고, 아직도 충분한 양이 남아 있었다. 숙소로 되돌아가려면 몇 시간 더 운전해야 한다. 며칠 뒤엔 집으로 돌아가야 한다. 회사를 그만둔 뒤 무엇을 하고 살면 좋을지 생각하기 위해 떠나온 여행이었으나, 여전히 어떻게 살아야 할지는 모르겠다. 하지만 몸도 마음도 지친 와중에 먹어도 먹어도 줄지 않는 사타안다기를 보니 조금 안심이 되었다.

고된 삶 속 어느 지친 저녁, 묵직한 사타안다기가 전해주는 안도감이란 참으로 든든했다. 앞이 보이질 않아 끝을 알 수 없고 답도 모르는 길을 걷는 누군가에게 어찌됐든 계속 가봐야겠다는 용기를 주었다. 아. 이래서였구나. 그제야 이렇게 커다란 사타안다기를 만든 사람의 속뜻을 제멋대로 깨달았다. 기회가 된다면 당시의 나처럼 막연함에 지친 누군가에게 맛보여주고 싶은데, 그곳이 어디인지 도통 모르겠으니 안타까운 노릇이다.

두 번째 맛

누구나

아플 때가 있잖아요

초코파이

하루를 견딜 수 있었던 이유

군대를 다녀온 사람이라면 누구나 그렇겠지만, 살면서 먹어 본 가장 맛있던 디저트는 훈련소에서 먹은 초코파이였다. 헌병 후반기 교육을 받던 육군종합행정학교 화장실에서 먹던 초코파이가 유독 생각난다.

사실 육군종합행정학교는 신병교육대와 달리 여가 시간에 담배를 태우거나 텔레비전을 보는 등의 자유가 보장되는 곳이라 굳이 숨어서 먹을 필요는 없지만 그래야만 했던 이유가 있었다.

당시 우리는 한 내무실을 10명이 사용했다. 그중 9명은 육군이었고, 한 명만 해군이었는데 다들 건장해 키가 181㎝인 나는 왜소한 축에 속했다. 우리 내무실 대표는 키와 덩치가 동기들 중 가장 컸고 어느 대학의 태권도 학과를 다닌다고 했다. 하지만 얼굴은 갸름하니 예쁘장했고, 목소리도 살짝 높은 편이라 위압감을 주는 스타일은 아니었다. 농담도 잘하고, 웃기도 잘 웃어 다들 그를 좋아했다. 내무실 분위기 역시 대체로 화기애애했다. 그런 어느 날이었다.

"내 초코파이 먹은 새끼 누구냐."

관물대를 열어보던 그는 전에 없이 낮은 톤으로 모두에게 말했다. 우리는 여기저기 널브러져 당시 인기 드라마 <올인>을 보고 있었다. 그랬기 때문일까, 그의 말에 신경 쓰는 사람이 없었다. 나도 듣긴 했지만 대수롭게 여기진 않았다.

"어떤 새끼가 내 초코파이 먹었냐고!"

신경질적으로 관물대 문을 닫으며 그가 다시 한 번 말했다. 조교 숙소가 근처에 있어 큰 소리가 날 정도로 세게 닫지는 못했다. 하지만 고이 간직한 초코파이가 사라진 것에 분노하고 있다는 건 알 수 있었다. 그제야 다들 고개를 돌려 그를 바라보았다.

선뜻 이해가 가지 않을 수 있는 광경이지만, 그 배경이 군대라면 의미가 조금 달라진다. 신병교육대에 비해 조금 더 많은 자유가 주어질 뿐, 누릴 수 있는 즐거움은 터무니없게 적은 곳이었다. 그중에서도 '단것'이 주는 기쁨은 비중이 매우 컸다. 평생을 독실한 기독교 혹은 불교 신자로 살아온 사람이 이번 주말에 어떤 종교 시설에서 어떤 간식을, 얼마나 많이 주는지로 손바닥

뒤집듯 개종을 하는 곳이니까. 지금도 잊히질 않는다. 천주교 세례를 받으면 피자를 준다고 하니 수많은 입교자들이 몰려들었던 그 광경이. 세례를 받는 날 자신의 세례명을 '로사'나 '올리비아'로 하겠다던 그 아비규환의 순간이.

"니가 먹고 까먹은 거 아이가."

해군 동기가 말했다. 평생을 부산에서 자랐지만 수영은 잘 못한다던 이였다.

"그걸 내가 까먹겠냐?"

'태권도'가 말했다. 그렇지. 까먹을 수 없다. 그가 관물대에 고이 간직한 초코파이는 아마 지난주 종교 행사에서 받아온 것을 아껴둔 것이 분명했다. 그리고 매일 정신이 이상해질 때까지 반복하던 TCP(교통 통제 수신호) 동작과 체포술 훈련에 지칠 때마다 '내게는 초코파이가 있다'는 마음으로 하루하루를 견뎌냈을 것이다. 일과가 끝난 뒤 매일같이 관물대를 열어 변함없는 초코파이를 확인하며 든든한 위안을 얻었을 것은 말할 것도 없고. 나에게 친숙한 모든 것으로부터 격리되어 자유를 박탈당한 채 욕구를 억누르며 하루하루를 보내는 우리는 모두 태권도의 초코파이의 무게를 알 수 있었다. 그렇기에 더 결백했다.

"동기끼리 설마 훔쳐 먹겠냐? 그냥 잊어."

이름이 '소령'인 동기가 말했다. 관등성명을 댈 때면 "이병 박소령!"이라고 외쳐야 했기에 이등병 주제에 소령 진급했냐고 조교들이 매일 놀렸다.

"관물대 까봐."

태권도는 단호했다. 기어코 동기들의 관물대를 열어서라도 자신의 초코파이를 찾고야 말겠다고 결심한 듯했다.

"왜? 초코파이에 이름 적어놨냐?"

이름은 기억나지 않으나, 하얀 피부에 눈이 움푹 들어간 동기가 말했다.

"적어놨어."

태권도는 말했다.

"초코파이 앞면에 내 이름 적어놨어."

그리고 모두 정적에 잠겼다.

송혜교와 이병헌만이 떠들고 있었다. 아무도 웃지 않았다. 태권도의 간절함을 이해할 수 있었다. 이윽고 '그렇다면 어쩔 수 없지' 하는 심정으로 모두 잠자코 관물대를 열었다. 하지만 어디에도 태권도의 초코파이는 없었다. 저마다 숨겨놓은 초코파이가 하나씩 나올 뿐이었다. 서로가 비슷한 처지였다는 것만 확인했다. 태권도는 힘없이 "미안" 하고 말했다. 어색한 분위기 속에서 우리는 "그럴 수도 있지" "괜찮다"며 태권도를 위로했다. 하지만 상심에 빠진 태권도에게 초코파이를 양보하는 동기는 없었다.

그날 밤, 나는 고이 간직했던 초코파이를 추리닝에 숨겨 화장실에서 먹었다. 물론 그것은 내 것이다. 숨어서 먹은 이유는 내무실에서 먹는 건 태권도에게 너무 가혹한 일 같았기 때문이다.

커피

가난의 긍지

나는 사람을 잘 만나지 않는다. 부모님은 인간성이 안 좋아서 그렇다고 하시지만, 그저 타인과 교류하고 싶은 욕구가 적을 뿐이다. 혼자 있는 것을 좋아해 모임이나 행사에 참여하는 일도 거의 없다. 심술 맞은 고슴도치 같은 삶을 살았다. 당연히 친구도 매우 적다. 삼십대도 슬슬 끝나가는 즈음 친구라고 부를 만한 사람이 한둘밖에 되지 않는다.

그중 한 명은 대학 신입생 때 만났다. 나는 재수를 했고 그 친구는 대학을 다니지 않았다. 내가 한 살 많았지만 서로 반말을 했다. 형이라고 불리고 싶은 생각도 없었으나 친구 역시 부를 마음이 없었을 것이다. 우리는 많은 것이 달랐다. 외모도, 성장 환경도, 취향도, 취미도 달라 공유할 만한 것이 거의 없었다. 딱 하나, 공통점은 둘 다 가난했다는 것뿐. 그래서일까. 우리는 만나면 서로의 가난을 자랑하며 시간을 보냈다.

당시 우리 가족은 '샌드위치 패널(얇은 철판 사이에 스티로폼 또는 우레탄폼을 넣은 건축용 자재로 만든 단열재)'로 지은 집에 살고 있었다. 단열이 안 되어 여름엔 방 안에서 아지랑이가 보일 정도로 더웠고, 겨울엔 방 안에서도 코가 시려 이불을 머리끝까지 덮어야만 했다. 군인이었던 친구는 휴가를 나오면 종종 우리 집에서 먹고 자며 가게 일을 돕기도 했다. 하루 종일 칼국수 접시를 나르고 설거지를 한 뒤 좁은 내 방에 누우면 이때다 싶어 말했다.

"야. 나는 겨울에도 방에서 장갑 낀다. 추워서."

그러자 친구는 "전기는 들어오잖아"라고 답했다.

"용돈이 없어 학교 끝나고 집에 올 때면 애들한테 백 원씩 빌려서 지하철표를 사야 해"라고 하니 "대학은 다니네"라고 했다. 우리는 밤늦도록 서로의 가난을 자랑했다. 그게 무슨 의미냐 싶지만 나름 즐거운 시간이었다.

'스타벅스'에 처음 갔던 것은 그 친구와 함께였다. 당시만 해도 지점이 몇 없던 때였다. 명동을 헤매다 스타벅스 앞에 멈춰 섰을 때, 친구는 말했다.

"여기가 바로 커피 한 잔 값이 밥 한 끼 값인 곳인가."

매장 안은 사람들로 북적이고 있었다.

"들어가볼까."

내가 말했다.

"들어가보자."

친구가 답했다.

우리는 쭈뼛거리며 안으로 들어섰다. 좋은 향기가 나고, 그럴싸한 음악이 들려왔다. 최대한 자연스럽게 매장 한쪽 소파에 자리를 잡고 앉았다. 그리고 그렇게 앉아만 있었다. 커피를 사 먹을 돈이 없었다.

"좋겠네."

친구가 말했다.

"비싼 커피를 마셔서."

부러운 눈치는 아니었다. 우리는 가난함에 대한 긍지 같은 것이 있었다. 아무짝에도 쓸모없지만, 돈이 없는 걸 부끄러워하진 않았다. 혼자였으면 괴로웠을지 모른다. 청승맞게 커피숍 밖에서 안에 있는 사람들을 바라보며 입맛을 다셨을 수도 있다. 들어가봐야겠다는 생각 역시 못했을 것이다. 친구가 있어 다행이라는 생각도 들었다. 딱히 도움되는 일은 없었지만 그랬다.

"이 사람들은 어떤 생각을 하며 살까?"

친구가 말했다.

"세상이 아름답다고 생각할지도 모르지."

매일 과외를 다니며 '뿌셔뿌셔'로 끼니를 때우던 때였다. 친구는 어땠는지 모르지만, 내가 보던 세상은 아름답지 않았다.

부조리로 가득 찬 더러운 세상이라고 생각했던 것은 아니다. '아마 지금보다 나은 삶을 살기는 힘들지 않을까' 하는 예감만 있었을 뿐이다. 부모님은 부지런히 살았다. 기억 속의 부모님은 아침이고 밤이고 깨어 있었으며, 쉬지 않고 일했다. 그럼에도 사는 건 녹록지 않았다. 생의 대부분을 세 들어 살았고, 더러 남의 집 더부살이를 하기도 했다. 그렇게 수십 년을 살았어도 여전히 자산의 대부분은 대출금이었다.

"남은 대출은 네가 졸업하고 취직하면 갚아야 해."

어느 날 아버지는 내게 말했다. 농담처럼 말했으나 농담일 리 없다는 걸 알고 있었다. 그때부터였을 것이다. 열심히 사는 것이 꼭 나은 삶을 가져다주진 않을 것이며, 후세에 그 짐을 넘겨주지 않기란 매우 어려울 것이라는 걸 객관적 사실로 받아들였다.

"성공하면 커피 원 없이 먹어야지."

친구는 말했다. 광기로 번들거리는 눈이었다.

"하지만 성공하지 못할 거야."

나는 말했다.

우리는 삼십여 분간 사람들을 구경하다 매장을 나왔다. 커피를 손에 들고 자리를 찾는 사람들 때문이기도 했지만 더 있어야 할 이유도 없었다.

그 뒤로 시간이 흘러 나는 안 팔리는 만화가가, 친구는 잘나가는 광고 감독이 되었다.

"이제 부자가 돼서 목표가 사라졌어."

가난뱅이였던 친구는 요즘 시건방진 소리를 자주 한다. 혹시나 싶어 돈 좀 달라고 하니 무시하기까지 했다. 몇 달째 얼굴 한번 보자는 말만 하며 시간을 못 맞추고 있지만, 종종 그날을 떠올린다.

커피 한 잔 사 먹을 돈도 없이 들어간 카페에 멀뚱히 앉아 사람들을 바라보던 친구의 표정과, 그런 친구를 바라보던 나를. 우리는 참 먼 길을 걸어왔지만 여전히 그곳에 앉아 있는 것만 같다. 이제 와 우리가 바라보는 세상은 사뭇 달라졌는데 서로가 원하던 풍경인지는 모르겠다.

바클라바

인연이라면 인연, 우연이라면 우연

살면서 먹어본 디저트 중 가장 인상 깊은 것은 터키 이스탄불에서 먹었던 바클라바다. 터키의 전통 요리인 바클라바는 얇은 페이스트리 반죽 사이에 버터를 발라 층층이 쌓아올려 구운 것을 꿀이 들어간 시럽에 흥건히 적셔두었다 먹는다. 한 조각 잘라 포크로 집어 들면 시럽이 뚝뚝 떨어지는 모습이 분명 건강에 안 좋을 거란 생각이 절로 든다. 당연히 달다. 입에 넣으면 혀가 아릴 정도라 이런 걸 팔아도 되나 싶다. 터키 사람 중엔 이빨이 썩거나 빠진 사람이 굉장히 많았는데, 잘은 모르지만 바클라바의 영향이 지대할 것이다. 단지 달기 때문에 바클라바가 인상적이었던 것은 아니다. 이야기는 내가 헝가리에서 접시를 닦으며 지내던 어느 날, 한 커플 여행자를 만나는 것에서부터 시작한다.

그 커플은 내 또래였고 한국인이었다.

둘은 체코에서 야간열차를 타고 헝가리에 막 도착한 참이었다. 나는 방 문 앞에 서서 둘에게 숙소에서 주의해야 할 사항과 숙박비 등에 대해 이야기해주었다. 그런데 갑자기 남자 여행자가 머리를 손으로 감싸 쥐더니 "으악!" 하고 소리를 지르며 침대

위로 쓰러졌다.

"지갑이 없어! 도둑맞았나 봐!"

여자는 "뭐?!" 하고 외쳤다. 체코에서 헝가리로 오는 야간열차는 도둑이 참 많았다. 밤에 잠든 사이 도둑들이 지갑을 훔쳐 슬로바키아에서 내린다고 들었다. 종종 있는 일이었다.

그렇게 두 젊은, 지금 생각하면 어린 커플은 이역만리 타국에서 지갑을 잃어버렸다. 다행히도 여권은 있었다. 양심은 없지만 인정이 남아 있는 도둑이었다.

이윽고 둘은 서로의 잘잘못을 따지기 시작했다. 왜 지갑을 허술하게 간수했는지, 모든 돈을 왜 한 곳에 몰아두었는지, 애초에 왜 야간열차를 타자고 했는지 등등등. 사실 제삼자 입장에서 가장 나쁜 건 도둑놈이다. 나아가 도둑질을 하게 만드는 불평등한 부의 배분과 그로 인한 빈부격차, 허술한 사회보장제도의 문제다. 하지만 아무 말도 하지 않았다. 이 갈등 상황을 해결해줄 수 있는 건 도둑이 훔쳐간 지갑뿐이었다. 때마침 현관문을 열고 도둑이 나타나 "도저히 양심에 찔려서 안 되겠네요"라며 지갑을 돌려준다면 좋겠지만 그런 일이 일어날 리 없었다.

여자는 넋이 나간 표정으로 주저앉았고, 남자 역시 뭘 어떻게 해야 할지 모르겠다는 표정이었다. 나는 이 빈털터리 커플을 어찌해야 하나 생각하고 있었다. 잠시 뒤, 남자가 대부분의 짐이 체코 숙소에 있으니(애당초 헝가리는 하루 이틀만 구경할 계획이라고 했다) 일단 체코로 돌아가 한국에서 다시 돈을 전달받자고 했다. 유레일패스가 있어 돌아가는 기차는 아무 때고 탈 수 있었다. 여자는 울기 직전이었다. 큰 결심을 하고 떠나 도착한 먼 타국에서, 여행을 시작하자마자 지갑을 도둑맞았으니 굉장히 슬펐을 것이다. 마치 온 우주의 미움을 받는 것처럼 느껴졌겠지.

결국 둘은 숙소에 들어와 십 분도 머물지 못하고는 일단 돌아가자며 몸을 돌려 나섰다. 그 모습을 바라보자니 못내 마음에 걸렸다. 나는 내 방으로 들어가 침대 옆에 쌓아둔 동전들(빈 병을 팔아 초코케이크를 사 먹기 위해 모아둔 나의 전 재산)을 비닐봉투에 쓸어 담았다. 꽤나 묵직했다. 그리고 막 숙소를 나서는 둘을 불러 동전이 담긴 비닐봉투를 건넸다. 쩔그렁 동전 부딪히는 소리가 나자 둘은 놀란 표정으로 나를 바라보았다.

"얼마 되진 않지만 역 앞에 있는 맥도널드에서 햄버거 세트 두 개는 먹을 수 있을 거예요."

나는 아쉬움에 터져 나오는 눈물을 필사적으로 억누르며 애써 아무렇지 않은 듯 말했다. 여자는 미안한 표정을 지으며 "아니에요. 괜찮아요" 하고 말했다. "그럼 다시 주세요"라고 말하고 싶었지만, 그 정도 돈쯤은 우습다는 표정을 지으며 "즐거워야 하는 여행인데 시작부터 안 좋은 일 있어도 너무 슬퍼하지 말아요. 앞으로 좋은 일 많겠지. 싸우지 말고 즐겁게 여행해요" 하고 담담하게 말했다.

하지만 그 돈은 내가 목숨을 걸고 술을 나르면서 부랑자들 사이에서 빈 병을 팔아 모은 돈이었다. 다시금 눈물이 쏟아지려 했지만, 이를 악물고 참았다. 둘은 더 이상 거절하지 않고 "고맙습니다" 하며 돈을 가져갔다.

그렇게 둘이 떠나고, 나는 빈털터리가 됐다. 다시 또 여행객들에게 "오늘 밤은 술 안 마시나?" 하고 부추겨야 했고, 주말이면 술병을 모아 팔아야 했지만 아쉽지는 않았다. 술심부름을 하러 오가는 와중 문득 그 커플이 즐겁게 여행을 했을지, 아니면 싸우고 한국으로 돌아갔을지 궁금했을 뿐이다. 혼자 배고프면 참으면 되지만, 둘이 같이 배고프면 싸움이 일어날까 걱정스러웠다. 즐거운 기억을 만들러 와서 어처구니없는 일로 싸우고 헤어지는 사람들을 적지 않게 봐왔기에 내내 마음에 걸렸다.

몇 달 뒤, 컵라면을 5달러에 팔던 이스탄불의 어느 민박집에서 침대에 드러누워 졸고 있던 때였다.

"보통 씨!"

누군가가 나를 불러 바라보니 그 커플이었다.

"주신 돈으로 햄버거 잘 먹었어요. 덕분에 싸우지 않고 여행도 잘했고요. 오늘 저녁 귀국합니다."

다행이었다. 결말을 알 수 없어 찜찜했던 영화를 마저 보게 된 기분이라 안심했다.

"다행이네요."

내가 답하자 둘은 머뭇거리다 말했다.

"시간이 되면 식사라도 같이 하고 싶은데, 오늘이 여행 마지막 날이라서요. 남은 돈도 잔돈밖에 없고, 가야 할 곳도 있어서"라며 여자가 말했다. 애당초 보답받을 생각도 없었다. 바라지 않았기에 서운하지도 않았다.

"괜찮아요. 재밌게 놀아요."

내가 말하자 남자는 "네. 보통 씨도 좋은 하루 보내세요!"라고 답했다. 그리고 둘은 부랴부랴 짐을 싸들고 숙소를 떠났다. 마지막 날이니 바쁘겠거니 했다. 나는 다시 침대에 드러누워 오늘은 뭘 하나 고민했다.

숙소는 삼십대 한국인 부부가 운영하고 있었다. 둘 다 묘하게 친절한 듯하면서 불친절했다. 아마 내가 컵라면을 사 먹지 않아서인 것 같기도 했다. 배가 고파진 나는 여 주인에게 근처에 제일 비싸고 맛있는 식당이 어디냐고 물었다. 나 역시 여행 막바지라 남은 돈이 있었다.

마지막이니까 진짜 제일 비싸고, 제일 맛있는 곳에서 혼자 사치를 누려보기로 마음을 먹었다. 조금 쌀쌀맞은 여 주인에게 물어보니 근처 식당 중 하나를 추천해주었다. 길을 까먹을까 봐 이름과 주소도 적어갔다. 나는 어슬렁거리며 숙소를 나왔다.

개인적으로는 어느 나라를 가건 관광지가 가장 볼 것이 없다고 생각한다. 사람은 많고, 지저분하고, 사기꾼도, 소매치기도 넘친다. 그런 면에서 이스탄불은 로마와 자웅을 겨뤘다. 길을 걷노라면 머리에 기름을 발라넘긴 청년들이 한국말로 "언니! 언니!" 하고 여기저기서 외쳐대며 호객을 하는 소리가 들려와 정신이 없었다.

그런 혼잡한 길을 걷고 걸어 척 보기에도 '고급'인 식당에 도착했다. 건물 하나를 다 쓰고 있었다. 종업원들도 신드바드 같은 옷이 아닌 제대로 된 유니폼을 입고 있다. 테이블도 깨끗하고, 식당 외부도 요란하지 않았다. 서유럽에나 있을 법한 곳이었다.

'음. 진짜 좋은 곳이군' 하면서 자리를 잡으려고 둘러보는데, 야외 테이블에서 아까 헤어진 커플을 발견했다. 남은 돈이 얼마 없어 차마 나와 식사를 하지 못해 유감이라고 말하던 커플이 척 하니 야외 테이블에 앉아 있었다. 아는 척을 할까 말까 2초 정도 망설였다.

2초 이상은 고민을 하지 못하는 성격이라 아는 척을 하기로 하고 그 테이블로 걸어갔다. 둘은 피데 하나를 시켜놓고 나눠 먹던 중이었다. 여자가 나를 먼저 발견하곤 눈이 똥그래져서 "어!" 하고 소리쳤다. 남자도 뒤를 돌아 나와 눈이 마주치더니 "어!" 하고 외쳤다.

나는 웃으며 "여기서 또 만나네요" 하고 말했다. 둘은 당황해 아무 말도 하지 못했다. 안다. 그 마음을. 남은 돈이 정말로 얼마 없었을 것이다. 그래도 긴 여행을 마무리하는 날이니만큼 사랑하는 연인과 함께 마지막으로 좋은 곳에 가고 싶었겠지. 그러니 피데 하나만 시켜놓고 음료수도 없이 먹고 있었을 것이다.

그런 와중에 빈 병 팔아 모은 돈을 줬던 인간을 만났으니 본의 아니게 거짓말을 한 기분이 들었을 것이나. 다시 말하지만 안다. 그 마음을. 그래서 둘에게 마지막 선물을 주기로 했다.

"같이 앉아도 될까요?"

남자는 "네. 네" 하고 더듬거리며 답했다.

여자는 먹던 피데를 내려놓고 "아. 진짜 보통 씨. 우리가 정말 돈이 없어서. 마지막으로 맛있는 거 먹자고 온 건데. 아. 창피해" 하고 말했다. "알아요. 무슨 말인지." 둘은 괜히 불안해하고 있었다.

여행을 하며 식당에서 제대로 식사다운 식사를 한 적이 없었다. 마트에서 커다란 빵을 사 들고 다니며 꾸역꾸역 먹었다. 가끔 누텔라를 발라 먹기도 했다. 그도 아니면 커다란 과자를 물과 함께 먹었다. 시장을 돌아다니며 맛도 더럽게 없는 1유로짜리 빵 같은 걸 자주 먹곤 했다. 돈을 쓰는 곳은 초코케이크나 초코무스를 사 먹을 때뿐이었다.

그래서 한 번 마음껏 먹자는 마음으로 메뉴판을 받아 여러 가지를 시켰다. 커플을 위해 포도주를 한 잔씩 주문했다. 내가 고른 메뉴들이 혼자 먹을 양은 아니었기에 커플은 휘둥그레진 눈으로 바라보고 있었다. 둘에게 말했다.

"마지막이니까, 다 같이 잘 먹어요."

우연이라면 우연이고, 인연이라면 인연이었다. 한 커플의 여행의 시작과 끝을 같이 할 수 있다는 게 신기했다. 그 커플에게 '여행은 즐거운 것'이라는 걸 느끼게 해주고 싶었다. 막상 나는 엉망진창 거지꼴로 여행을 했지만, 그랬다.

우리는 한 상 가득 음식을 펼쳐놓고 우아하게 포도주까지 마셔가며 지난 이야기들을 했다. 나도 술을 마셨다. 못 마시는 술을 마셔서 취하기도 했다. 즐거웠다. 젊은 연인이 여행하는 것을 보는 게 좋았다. 사실 나랑 나이는 비슷했지만 괜히 흐뭇했다.

그렇게 긴 식사가 끝나고, 그들이 주문했던 피데까지 다 내가 계산했다. 남자는 "어, 그러실 필요 없는데"라고 했지만, "공항에 가서 뭐라도 사 먹어요. 나는 돈 많으니까"라고 말했다. 정말이니까. 그동안 돈 아끼려고 먹은 식빵만 열 몇 봉은 될 거다. 덕분에 돈이 제법 있었다. 마지막으로 디저트를 시키려는데, 커플이 말했다.

"곧 비행기 시간이라서 저희는 먼저 가보겠습니다."

그리고 둘은 자리에서 일어났다. 나는 아직 취해 있었기 때문에 더 앉아 있었다. 종업원이 다가와 테이블을 치우기에 바클라바와 차이를 주문했다. 기다리며 담배를 하나 피웠다.

번잡스러운 인파 사이로 커플의 뒷모습이 보였다. 이상하지. 막상 나는 성희롱 당하고, 설거지하고, 빈 병이나 팔면서 여행했지만 다른 여행자들을 만날 때면 좋은 기억만 가졌으면 했다. 슬픈 일 없이, 아프지 않고 돌아가길 바랐다.

그래. 그러면 된 거지. 빈 병을 팔아 모은 푼돈으로 누군가가 슬프지 않을 수 있다면 그걸로 된 거지. 앞으로도 그렇게 살고 싶다. 홀로 남아 턱을 뚫고 시럽이 흘러내릴 것처럼 단 바클라바에 쌉쌀한 차이를 마시며 생각했다. 이제 와 돌아보면 그렇게 살아왔는지는 잘 모르겠다.

한국으로 돌아와 그 커플을 두 번인가 더 만났다. 여전히 밝고, 건강하고, 서로 사랑하고 있었다. 밥도 얻어먹고, 커피도 얻어먹었다. 여자는 매번 그때 준 잔돈으로 햄버거를 사 먹지 않았다면, 체코로 돌아가는 길이 너무 슬펐을 것 같다고 말했다.

누뗄라

계획대로 되는 건 없다

내게 '초콜릿 보이'라는 별명이 생긴 건 헝가리에 있을 때다. 당시 나는 헝가리인 할머니가 운영하는 작은 민박집에서 살림을 도우며 얹혀살았다. 처음부터 그럴 작정으로 간 건 아니었다. 모든 것은 오스트리아의 빈을 갈 작정으로 탄 기차에서 만난 한 아저씨 때문이었다.

그 기차는 칸막이로 객석이 나누어져 있었다. 한 칸에는 네 명이 탈 수 있고, 각 칸마다 걸어 잠글 수 있는 문이 있었다. 내가 탄 객실은 마침 사람이 없어 나 혼자였다. 자리에 앉아 창밖을 보니 아름다운 풍경이 눈에 들어왔다. 만화영화에서나 보던 푸른 벌판이 끝없이 이어지고, 그림책에 나올 법한 자그마하고 예쁜 집들을 지나쳤다. 저런 곳에서 양을 돌보고 농사를 지으며 사는 삶은 어떨까. 잠시 생각해봤는데 금세 질리지 않을까 싶었다. 아니나 다를까, 십여 분이 지나자 바깥 풍경도 감흥이 사라졌다.

풍경이 심드렁해지자 배가 고파졌다. 배낭을 뒤져보니 누뗄라(이탈리아 회사인 페레로에서 만드는 헤이즐넛 맛 초콜릿 크림)만 한 통 나올 뿐 달리 먹을 게 없었다. 커다란 식빵을 한 봉지씩 들고 다니며 시시때때로 누뗄라를 발라먹었는데, 마침 식빵이 똑 떨어진 것이다. 어찌해야 하나. 잠시 고민했다. 식당 칸이 있지만 비쌀 것이다. 다음 역에서 멈춘다 해도 정차 시간 동안 무언가를 사올 자신이 없다. 그렇다고 누뗄라만 먹을 수도 없는 노릇이다. 누뗄라 통을 손에 들고 한동안 고민했다. 그러다 성분표에 눈이 갔다. 프랑스어로 써 있었지만 30그램에 약 160Kcal라는 사실은 알 수 있었다. 그렇다면 문제는 해결되었다. 누뗄라만 먹으면 된다. 허기를 없애지는 못하겠지만, 얼마간이라도 뇌를 속일 수는 있을 테니까.

하지만 수저가 없었다. 손가락으로 떠먹을 수야 있겠지만 그러면 손을 닦아야 해 번거롭다. 게다가 왠지 처량하다. 가뜩이나 홀로 이국을 떠도는 중이라 쓸쓸한데 손가락을 쪽쪽 빨고 싶지는 않았다. 해서 가방을 뒤져보니 주머니칼이 나왔다. 별 수 없지. 나는 칼을 펴들고 누뗄라를 한 입 떴다. 적어도 도구를 사용하고 있으니 기분이 괜찮았다.

여행을 하다 보면 별별 일을 다 겪는다. 30분 넘게 내 뒤를 쫓아오며 쉬지 않고 소매치기를 시도하는 아이의 손을 잡아 한국말로 "그만해"라고 하기도 하고, 담배를 피우고 있으면 지나가는 사람마다 한 가치만 달라는 바람에 순식간에 한 갑이 동나기도 하고, 시내 구경을 시켜주겠다며 걷는 내내 실수인 척 손등으로 내 몸 이곳저곳을 스쳐대던 아저씨를 만나기도 한다. 그에 비하면 이쯤이야 하며 혀를 내밀어 칼날에 붙은 누텔라를 조심조심 핥아먹었다.

드르륵.

갑자기 문이 열리더니 검표원이 들어왔다. 그녀는 칼날을 핥다가 멈춰버린 나를 보고 피식 웃더니 건조하게 "패스포트" 하고 말했다. 멋쩍은 나는 그대로 주머니칼을 접어넣고 여권과 표를 보여줬다. 어색한 침묵 속에 표를 확인한 검표원은 들어왔을 때처럼 별 말 없이 문을 닫고 사라졌다. 다시 누텔라를 먹을 엄두는 나지 않았다. 식욕과 허기는 둘 다 사라져버렸다.

그렇게 몇 시간이 흘렀을 무렵, 다시 문이 열리더니 콧수염이 난 대머리 아저씨가 물었다.

"앉아도 됩니까?"

"네."

아저씨는 가방을 짐칸에 올려놓더니 한동안 말이 없었다. 나는 할 일이 없어 이탈리아에서 샀던 소설책을 보고 있었는데, 이탈리아어를 모르기 때문에 무슨 내용인지는 이날 이때까지 모른다. 그냥 외국어를 보고 있어야만 할 정도로 심심했다.

"담배 피워도 됩니까?"

아저씨가 물었다. 지금은 어떤지 모르겠지만, 그때는 기차 안에서 담배를 필 수 있었다. 붙박이 재떨이도 기억난다.

"네."

그는 품에서 빨간 말보로를 꺼내더니 입에 물고는 내게도 권했다. 줄곧 담배를 빼앗기기만 해왔던 나로서는 처음 겪는 호의라 덥석 받아 물었다.

"어디로 갑니까?"

그가 물었다.

"빈이요."

"오. 나는 빈에 살아요."

기쁜 표정이었다.

"그렇군요."

그리고 뻐끔뻐끔.

"어디서 왔습니까?"

"한국이요."

"아니, 지금 어디서 오는 길입니까?"

"파리요."

"오. 사랑의 도시. 사랑 좀 많이 했습니까?"

나는 그저 웃었다. 시답지 않은 농담이라 생각했다. 하지만 아저씨는 그렇지 않은 듯 눈을 반짝였다.

"당신은 남자를 사랑합니까? 여자를 사랑합니까?"

놀라운 질문은 아니었다. 종종 들어오던 말이었다.

"아직까지는 여자를 좋아합니다."

그러자 그는 씨익 웃으며 말했다.

"남자는 시도해 봤습니까?"

한국에서만 살았던지라 유럽의 성문화가 어떤지 모른다. 처음 만난 사람에게 성적 지향을 묻는 것이 일상적인 일인지 역시 모른다. 게다가 여성을 좋아한다고 했는데도 굳이 시도해봤냐 묻는 것이 당연한 것인지도 모른다. 다만, 여행을 하며 경험한 바로는 이런 경우 상대가 동성애자일 때가 종종 있었다. 그는 그렇게 물으며 나를 머리끝에서 발끝까지 훑어보았다. 여름이라 반팔에 짧은 반바지를 입고 있었는데, 그의 시선은 내 하반신에 좀 더 오래 머물렀다. 처음 있는 일이 아니어서 당황스럽지 않았다.

"죄송하지만, 저는 동성애자가 아닙니다."

이런 경우는 정중하고도 확실하게 의사를 표현하는 게 좋다. 농담이라고 생각해 나도 농담으로 받았다가 곤란한 상황을 겪은 적이 몇 번 있었기 때문이다.

"아, 그렇군요. 알겠습니다."

내 말을 이해한 듯 그는 입을 다문 채 틈틈이 담배만 피워댔다. 담배를 권한다면 거절할 생각은 없었는데 끝내 권하진 않았다. 이윽고 기차가 빈에 도착하자 오랜 침묵을 깨고 그가 입을 열었다.

"빈에 머물 곳이 없다면, 우리 집으로 가도 되는데."

"아, 저는 헝가리까지 갑니다."

그는 깜짝 놀라더니 "아까 빈에 간다고 하지 않았나요?"라고 되물었지만 나는 "아뇨. 저는 부다페스트까지 갑니다"라고 답했다. 착각이 아니다. 빈에 내릴 예정이었다. 하지만 처음 본 사람에게 자신의 집으로 가자는 아저씨와 낯선 나라에 내리는 것만은 피하고 싶었다. 내 오해일 수도 있지만 몇 번의 낭패 끝에 얻은 직감이 여기서 내리면 안 된다고 나를 말렸다.

"그럼, 마지막으로 악수나 합시다" 하고 그가 손을 내밀었다. 순간 내가 잘못 생각한 건가 싶었다. 친절한 아저씨의 호의를 편견과 오해로 거절하는 것만 같아 미안했다. 나는 그의 손을 맞잡으며 "감사합니다"라고 답했다.

그러자 그는, 내 손을 잡은 채 훈훈한 미소를 지으며 말했다.

"당신에겐 휴식이 필요한 것 같은데, 제가 마사지를 잘합니다. 저랑 같이 내릴까요?"

땀으로 젖은 그의 손은 어느새 내 손을 주물럭거리고 있었다.

"아니요. 저는 부다페스트로 갑니다."

나는 모르는 척 단호히 말한 뒤 손을 떼었다. 아저씨는 미련이 남은 표정으로 "즐거운 여행되시길" 하고는 자리에서 일어나 기차에서 내렸다.

여러모로 낭패였다. 빈에 내려 비엔나 슈니첼(송아지 고기로 만든 커틀릿)을 먹으려던 계획이 틀어졌다. 비엔나소시지가 정말 존재하는지 확인할 방법이 없어졌다. 모차르트 초콜릿도 못 먹게 됐다. 설상가상 아는 것이 전혀 없는 부다페스트에 가게 됐다. 헝가리 사람들이 뭘 먹는지, 어떤 디저트가 유명한지 아무것도 모른다. 무엇보다 가는 동안 또 굶어야 한다. 울적했다. 별 수 없이 다시 누텔라 통과 주머니칼을 꺼내 들었다. 이 상실감과 우울감을 달래줄 건 누텔라뿐이었다. 아까 급히 집어넣느라 지저분한 주머니칼을 펼쳐 다시 누텔라를 한 입 떠서 들고는 혀로 핥고 있는데, 누군가가 다가왔다.

"패스포트."

국경 경비대였다. 소리 없이 나타난 그는 웃지도 않았다. 나는 핥던 주머니칼을 집어넣고 다시금 여권과 티켓을 내밀었다. 목적지가 정해져 있지 않은 유레일패스라 별다른 질문을 하지는 않았다. 이윽고 찰칵 소리를 내며 티켓에 펀칭을 한 그는 유령처럼 스르륵 사라졌다. 창밖으론 헝가리 외곽의 쓸쓸한 풍경이 펼쳐졌다.

생크림 크루아상

모든 빵은 평등하다

연말이라 그런지 이곳저곳에서 강연 요청이 들어온다.

나 같은 인간을 불러봤자 실망만 할 텐데, 아직 악명이 널리 퍼지진 않았나 보다. 덕분에 매일같이 KTX를 타는 날들이 이어지고, 모텔 방에서 홀로 잠드는 밤 역시 늘어간다. 전날은 전라도, 오늘은 경상도, 내일은 경기도로 괴나리봇짐을 진 보부상마냥 가방을 멘 채 떠돌고 있다.

"안녕하세요. 만화가 겸 수필가 김보통입니다."

가는 곳은 매번 다르지만 인사는 늘 똑같다. 달리 할 말이 없기도 하지만, 내가 누군지 모르는 사람이 있을 테니 빼먹지 않고 소개를 한다. 누군가는 '강연을 찾아온 사람이면 강사가 누군지 당연히 알지 않을까?'라고 생각하겠지만, 천만의 말씀. 행사가 있다니 참가는 하지만 강연자가 누군지는 상관없는 사람이 세상엔 많다. 장장 두 시간의 강의가 끝난 뒤 "오늘 재테크 강의한다고 해서 왔는데 언제 하나요?"라는 질문을 받은 적도 있었다.

때때로 울적한 기분이 들기도 한다. 매번 자신을 소개하는 일이란 점점 투명해지는 인간이 되는 것과 같다. 매일 거울 앞에서 자신을 바라보는데 나날이 내 모습이 희미해지는 느낌이다. 어떻게 해야 사라지지 않을까 궁리 끝에 선글라스도 껴보고, 화장도 해보고, 화려한 목도리도 둘러보지만 존재감은 점점 옅어지는 것만 같아 쓸쓸한 심정. 나도 베스트셀러 작가였으면, 텔레비전에 나오는 유명인이었으면 얼마나 좋을까 싶지만, 그런 생각을 해봤자 달라지는 건 없다. 그럴 바에 구구절절 나에 대해 소개하는 게, 그런 와중에 틈틈이 글을 쓰고 그림을 그리는 게 조금이라도 도움이 되겠지 생각할 뿐.

다음 강연 장소로 가기 위해 동대구역에 내렸다. 역과 연결된 으리으리한 백화점 건물 앞을 지나자니 한층 초라한 기분이 들었다. 기차 출발까지 시간이 조금 남아 백화점 푸드 코트에 들어갔다. 배가 고파 빵을 살 생각이었다. 하지만 수없이 늘어선 빵들을 둘러보아도 선뜻 손이 가는 게 없었다. 나 같은 사람들을 위해 친절히 '인기 1위' '베스트' 등의 표식을 단 빵들이 있었고 사람들은 부지런히 그것들을 주워 담았다. 그러나 여전히 내키지 않기는 마찬가지였다. 왠지 그 빵들이 얄미웠다.

모든 빵은 평등하다. 각자 다른 재료로, 다른 방법으로 만들어지지만 결국은 모두 빵이다. 빵은, 팔려서 먹힐 때 그 역할을 다한다. 하지만 이게 쉽지 않다. 인기가 없는 빵은 판매대의 변두리로 떠밀린다. 특별한 장식이나 표식을 얻지도 못한다. 눈에 띄지 않으니 선택되기도 힘들다. 드문드문 찾는 사람이 있으니 당장 없어지지는 않겠지만, 머지않아 찾아볼 수 없게 될 것이다. 인기 1위 빵도 안심하기엔 이르다. 지금이야 사람들이 많이 찾지만 익숙해져 버리면 그때는 다른 여느 빵이 그러했듯 판매대의 변두리를 지키다 사라질 테니까.

커다란 봉지에 담긴 예닐곱 개의 생크림 크루아상을 바라보았다. 분명 저 빵 역시 처음은 저렇지 않았을 것이다. 생크림이 녹지 않도록 진열장에 하나씩 낱개로 놓여 있었겠지. 사람들은 겹겹이 바삭한 크루아상과 어우러지는 부드러운 생크림 맛에 감탄하고, 점원은 '인기 1위' 표식을 달아두었을 수도 있다. 하지만 이내 생크림 크루아상에 초콜릿을 덧입힌 것이 나오고, 녹차 크림을 넣은 것이 나오고, 인절미가 올라간 것이 나오고, 버터와 팥 앙금을 넣은 것이 나오면서 매대 구석으로 밀리고 밀려 이제는 묶음 판매용이 되어버린 것일지도 모르겠다는 생각을 하고 있는데, 점원이 말했다.

"이거 가져가실래요?"

"네?"라고 내가 묻자 점원은 덧붙였다.

"아직은 드실 수 있어요."

어느덧 매장 문 닫을 시간이 되었는데 의심스러운 아저씨가 빈 쟁반을 든 채 물끄러미 바라보고 있으니 폐기 처분될 빵을 호의로 준다는 것 같았다. 나는 얼떨결에 "감사합니다"라고 답한 뒤 크루아상 봉지를 든 채 백화점을 나섰다.

마침 곧 열차가 출발할 시간이었다. 자리에 앉아 강연 자료를 훑어보며 봉지에서 크루아상을 꺼내 물었다. 시시한 맛이었다. 강연 자료 역시 시시하기 그지없었다. 시시한 내가 만든 것이니 당연했다. 그런 인간이 하는 시시한 강연이 무슨 의미가 있을까. 다 부질없다. 민폐만 끼치는 셈이었다. 다시는 돌아오지 않을 소중한 몇 시간을 고작 나 따위의 시시껍절한 농담으로 허비하게 하는 것 같아 죄스러웠다. 갑자기 공허함이 몰려와 자료를 덮고 눈을 감았다. 피곤했다.

할 수만 있다면 내일 강연에 올 모두에게 "미안합니다"라고 미리 사과하고 싶었다. 당신의 인생을 허비시킬 게 분명해 미안합니다. 앞으로도 이따위 글밖에 쓰지 못할 게 틀림없어 미안합니다. 비염이 심해 강연 내내 콧물 들이마시는 소리를 낼 것이기에 미안합니다. 하지만 어쩔 수 없었어요. 저도 원해서 이런 인간이 된 게 아닙니다. 미래의 저는 좀 더 멋질 거라 상상했는데, 실상은 생크림 크루아상이 되어버렸습니다. 빵은 눅눅하고, 생크림마저 콧물 맛이지만 저로서는 이게 최선입니다.

그렇게 한동안 자기 학대에 빠져 있는데 문자가 왔다. 오늘 행사를 진행했던 직원이었다.

'오늘 강연 재미있었습니다! 오셨던 분들도 다들 좋다고 하셨어요! 조금 이른 감이 있지만 내년에도 와주실 수 있을까요?'

나는 어느새 감사함을 잊어버렸다. 데뷔해 몇 되지 않는 독자들의 댓글을 읽으며 기뻐했던 것이, 내 글이 실린 잡지를 펼쳐 들고 몇 번씩이나 각도를 바꿔가며 사진을 찍었던 것이 불과 칠 년 전 일이다. 내 인생에 있을 거라 예상치 못했던 첫 사인회 때, 독자 모두에게 자리에서 일어나 한 명 한 명 허리를 굽혀 인사했던 감사함을 잊어버린 채 살았다. 당연하게 생각했다. 왜 더 많은 관심과 사랑을 받지 못할까. 불만으로 끝나지 않았다. 다른 작가들을 시기하기까지 했다. 부단히 노력해 새로운 맛을 개발

할 생각은 하지 않은 채 안일하게 살아왔다.

뒤늦은 깨달음이었지만 다행이었다. 변변치 않은 유명세라도 불러주는 곳이 있고 그런 강연에 와주는 분들이 있으니 다행이었고, 크루아상은 쓰레기로 버려지기 전 제 역할을 다할 수 있어서 다행이었다. 아직 기회가 주어졌기에, 남은 기회가 있기에 다행이다. 우울할 이유가 없었다. 자괴감에 빠져 있을 여유도 없었다. 비장한 마음가짐으로 답장을 보냈다.

'지금 날짜를 정하죠.'

그리고 다시 자료를 보기 시작했다. 어느새 손에 들고 있던 생크림 크루아상을 다 먹어버려 봉지에서 하나를 더 꺼내들었다. 생각해보면 맛이 나쁜 것은 아니다. 더 이상 새로울 것도, 대단할 것도 없을 뿐, 익숙해 좋은 맛이다. 새삼 생크림 크루아상이 대견해 보였다. 너도 나름대로 열심히 살았구나 싶어 동지 의식 같은 것이 느껴졌다. 나는 손에 든 생크림 크루아상을 바라보며 마음속으로 속삭였다.

'그러니 우리 서로 용기를 내자.'

카스텔라

엄마의 눈물

부활절이었다.

나는 성당에서 운영하는 유치원을 다녔고, 그날도 엄마와 함께 성당에 갔다. 미사가 끝나고 전날 유치원 수업 시간에 사인펜으로 알록달록 그림을 그려둔 부활절 달걀이 담긴 바구니를 받았다. 껍질을 까보니 잉크가 배어들어 흰자가 얼룩덜룩했다. 아랑곳하지 않고 먹었다. 즐거웠다. 그리고 집으로 돌아오는 길, 교통사고를 당했다. 무슨 생각이었는지 갑자기 엄마 손을 뿌리치고 도로로 뛰어들어 마침 달려오던 용달차에 치인 것이다. 엄마 말로는 공중으로 '붕~' 떠오른 뒤 아스팔트 바닥에 두 번 튕긴 후 쓰러져 미동도 하지 않았다고 한다.

왜 그랬는지는 기억나지 않는다. 깜빡 정신을 차려보니 울면서 나를 안고 있는 엄마가 보였다. 용달차를 타고 어디론가 가고 있었다. "엄마 왜 울어"라고 물었으나 바로 정신을 잃었고, 깨어나보니 병원이었다.

부활절의 기적인지 빗장뼈 하나만 부러지고 다른 곳은 멀쩡

했다. 머리에 이상이 있지는 않은지 정밀 검진을 했으나 정상이었다. 그날부터 첫 병원 생활이 시작되었다. 어긋난 빗장뼈를 고정시키고 갑옷 같은 깁스를 했다. 움직임이 요란한 어린아이였기에 행동을 제한하기 위한 조치였다. 하지만 통증이 잦아들자 아랑곳하지 않고 뛰어놀았다. 아이였기 때문인지, 남성 병실에 자리가 없어서인지 여성 병동에서 생활했다. 병실엔 골절로 입원한 아주머니나 할머니가 많았다. 아이는 나뿐이었다.

자주 울었다. 떼도 많이 썼다. 아프고 불편하기도 했지만, 그렇게 안 사주던 군것질거리를 우는 폼만 잡아도 뚝딱 대령했기 때문이었다. '환자는 편하구나' 생각했다.

폭신하고 달콤하며 보들보들한 카스텔라를 가장 좋아했다. 카스텔라는 늘 김치와 먹었다. 왜 그렇게 먹기 시작했는지는 모른다. 짐작건대 고구마를 김치와 먹는 것에서 착안했겠지. 병상에 앉아 김치통을 열어놓고 카스텔라 한 입, 김치 한 입 번갈아 먹었다. 그 모습을 지켜보던 옆 병상 할머니가 "맛있니?" 하고 물었다. 물론 맛있었다. 한 번 맛 들이면 빠져나올 수 없는 조합이지만 엄두를 내기 힘들다는 게 문제였다. 할머니 역시 마찬가지였는지, 묻기만 할 뿐 시도하지는 않았다.

주사를 맞을 때면 늘 울었다. 혈관이 좁아 주사 자리를 잘 찾지도 못했다. 간호사는 무심한 표정으로 꽃꽂이하듯 여기저기 바늘을 찔렀다. 더 이상 손에 놓을 곳이 없으면 발에도 맞았다. 주사로 찔러놓았던 혈관으로 피가 새어나와 팔다리가 퉁퉁 붓기도 했다. 당연히 나는 발악을 하고 울었다. "왜 자꾸 잘못 찌르는데! 왜 그러는데!" 하고 외쳐도 간호사는 묵묵히 바늘을 찔렀다. 하도 움직이는 바람에 주사를 놓기 힘들자 어머니가 내 팔다리를 붙잡고 있어야 했다. 이해할 수 없었다. 내가 이렇게 아픈데 간호사를 말리지는 못할망정 나를 못 움직이게 하다니. 어머니가 야속하면서도, 나를 붙든 채 울고 있는 어머니를 보고 있자면 기분이 이상했다.

어머니는 자주 울었다. 내가 사고를 당하던 날도 울고 있었다. 오줌이 마려 밤중에 일어나니 어머니가 보조 침대에 누운 채 울고 있던 적도 있었다. 어린 나는 이해할 수 없었다. 어느 날, 어머니에게 물었다.

"아픈 건 난데, 엄마가 왜 울어?"

"엄마도 아파."

그게 무슨 말도 안 되는 소리인가 싶으면서도, 어머니만의 초능력인가 생각했다. 왜냐면 아버지는 단 한 번도 울지 않았기 때문이다. 당시 정수기 외판원을 하고 있던 아버지는 한밤중 불이 꺼진 병실에 잠깐 들러 장난감이 든 과자를 하나씩 주고 갈 뿐 우는 것을 본 적이 없다. 설핏 잠에서 깬 내가 눈을 뜨면, 큰 손으로 얼굴을 쓰다듬으며 "자라"고만 말했다.

허나 어머니의 초능력은 한정되어 있어서, 가격이 비싼 변신로봇을 사달라고 울면 어머니는 냉정하게 병실을 나가버렸다. 먹다 만 카스텔라와 김치가 놓인 병상에 앉아 엉엉 울며 '엄마는 거짓말쟁이!'라고 생각했다. 그러면 옆에 있던 할머니가 "애기야, 왜 울어, 울지 마" 하고 달래며 속도 모르는 소리를 했다. 안 울면 장난감을 얻을 수 없는데 울지 말라니.

지금은 카스텔라와 김치를 함께 먹지 않는다. 좀 더 정확히는 카스텔라도 김치도 예전처럼 먹지 않게 되었다. 그러나 어머니가 왜 울었는지는 알 것 같다.

팥빙수

가끔은 살얼음을 털어넣어야 속이 후련하다

어느 여름날이었다.

사무실에서 큰길을 건너 자리한 작은 카페의 한구석에 앉아 팥빙수를 앞에 두고 '회사가 망하면 좋을 텐데' 하고 바라고 또 바랐다.

'이 차장'이라는 사람이 있었다. 부장 바로 밑에서 부서 업무 전반을 담당하는, 호랑이 밑에 여우 포지션이다. 부장은 정년퇴직을 앞둔 이빨 빠진 호랑이라 혼자 뻐끔뻐끔 담배만 태워댈 뿐 직접 지시를 하는 일이 없었다. 그러다 보니 여우가 기고만장했다. 출근하는 시각부터 퇴근할 때까지 모든 일을 보고하게 했고, 틈만 나면 부서원들의 업무를 일일이 확인했다. 좋게 보면 책임에 충실한 것이지만, 속내는 음흉하기 짝이 없었다.

"내년에 부장 밀려나면 나밖에 부장 할 사람이 없어!"

매일 같이 술을 마시던 이 차장은 그날도 술에 취해 말했다. 입에선 연신 침이 흐르고 눈은 반쯤 풀려 어딘가를 바라보고 있었다. 이미 부장이 된 자신의 미래 모습을 떠올리고 있는 것만 갇았다.

"그러니까 나는 올해 어떻게든 우리 부서를 최고로 만들 거란 말이야!"

이 부장은, 아니 이 차장은 주임 나부랭이일 뿐인 내게 소리쳤다. 아무래도 좋았다. 부장이 밀려나도 상관없고, 이 차장이 부장이 돼도 상관없다. 그가 부장이 되어 맡게 될 부서에 나만 없으면 좋겠다는 생각뿐이었다.

"이번 달 얼마 그릴 거냐?"

이 차장이 물었다. 내가 속한 영업부서는 실적을 자신의 돈으로 채우는 '그리기'라는 것이 횡행했다. 우리 회사만 그랬던 건 아니다. 은행, 카드, 증권이나 보험 같은 이른바 금융권에 다니는 친구들은 적게나마 그리고들 있었다. 일가친척에게 카드를 만들어달라 요구하고, 부모님 돈으로 펀드를 넣고, 여자 친구의 보험을 자신의 돈으로 낸다. 매달 말이면 팀원끼리 모여 회의를 한답시고 이번 달 얼마를 그릴 것인가 논의했다. 연말 보너스로 한 방 크게 그리자는 제안을 하는 팀장도 있었다. 본사에서도 이 사실을 모르지 않았다. 사규로 정해 강제하지 않았을 뿐 전 사원 모두 알고 있는 일이었다. "작작 좀 그려라"며 농담을 하는 전무도 있었다. 뭐, 이해할 수 있다. 자기 돈으로 뭘 하건 내가 상관할 바는 아니다. 문제는 그것을 강요하는 상사가 드물지 않다는 것이었다. 이 차장은 '그리기'를 강권하는 사람이었다. 그 행위를 부서에 대한 '헌신'과 '애정'으로 평가해 입만 열면 그릴 것을 종용했다.

"안 그릴 건데요."

나는 입사한 지 삼 년이 넘어서도 그린 적이 없었다. 실적이 목표에 미달하면 미달하고 말았다. 그린다고 목표가 줄어들진 않았다. 반면 운이 좋아 달성하면 다음 달엔 반드시 목표가 늘어났다. 아킬레우스와 거북이의 역설이 떠올랐다. 그러니 더더욱 그릴 수 없었다. 그래봤자 다음 달에 더 그려야 할 뿐이니까.

"집에 돈 없냐?"

이 차장은 다시 물었다.

"없는데요."

나는 답했다.

"아버지 뭐하시는데?"

"암 때문에 요양 중이신데요."

"어머니는?"

"병간호하시는데요."

단호한 내 대답에 이 차장은 한심하다는 표정으로 말했다.

"거지 새끼냐?"

이 말엔 대답하지 않았다. 할 말이 없었다.

드릴 말씀이 없는 게 아니라, 더는 이 사람과 말을 섞고 싶지가 않았다. 자리를 뜨지는 못했다. 그가 내 머리채를 쥐고 있었기 때문이었다. 그는 내 머리를 흔들며 "어휴. 이 거지 새끼. 목표달성도 못하는 게 돈도 없고"라고 말하며 연신 한숨을 쉬었다.

이런 사람이 회사를 다니고 사회생활을 한다. 심지어 일 잘하는 직원으로 평가받고, 인정받았다. 나는 무능한 직원이었다. 누가 이상한 걸까. 무엇이 정상일까. 혼란스러웠다. 하지만 할 수 있는 게 없었다. 잠자코 머리채를 잡힌 채 앉아 있기만 했다. 그는 한참을 더 중얼거리다 들고 있던 술잔을 바닥에 집어던져 깨버린 뒤(이유는 없다), 이내 고개를 처박고 꾸벅꾸벅 졸기 시작했다. 나는 직원을 불러 조용히 "양주 한 병 더 주세요" 하고 말한 뒤 살그머니 가게를 나왔다. "계산은 저분이 하실 겁니다"라고 말하는 동안에도 그는 잠에서 깨어나지 못했다.

다음 날, 이 차장은 별말이 없었다. 언제나처럼 충혈된 눈으로 노려볼 뿐이었다. 술값은 아마 법인 카드로 냈을 것이다. 어쩌면 자신이 주문한 것이라 착각했을 수도 있다. 그러나 어제의 대화는 잊지 않은 것 같았다. 내 실적은 그대로고, 그릴 낌새도 보이지 않았으니까.

“식사 다녀오겠습니다.”

점심 시간이 되어 부서를 나서며 말했다. 그동안에도 이 차장은 충혈된 눈으로 나를 노려보고 있었다. 소심한 복수는 했지만 뒷감당까진 버거워 좀체 입맛이 나지 않았다.

그것이 내가 그날 숨어서 팥빙수를 먹은 이유다. 당연히 회사는 망하지 않았고, 이듬해 나는 회사를 그만뒀다.

몇 해인가 지나 이 차장은 안 좋게 회사를 떠났다고 한다. 진작 그랬더라면 나는 어쩌면 과장이 됐을 것이다. 아닐 수도 있고.

초코소라빵

과거의 나를 위로하다

빵집에 가면 종종 초코 크림이 든 소라 모양 빵을 고른다. 어린 시절 먹어본 적이 별로 없어 그때의 결핍을 이제야 채운다. 소라빵을 먹을 때면 십여 년 전 어느 여름밤이 떠오른다.

"보통 씨, 외국어 할 줄 알아요?"

공연 기획사에 근무하던 지인이 전화를 걸어왔다.

"대충 7개 국어 할 줄 압니다."

물론 거짓말이다. 7개 국어로 욕을 알아들을 뿐인데, 그냥 저 말이 튀어나왔다. 설마 믿을까 싶었다.

"잘됐네. 지금 밴을 보낼 테니 인천공항으로 가세요."

공연을 위해 미국과 유럽 출신의 오케스트라 단원들이 스무 명 정도 오는데 며칠간 통역을 하라는 것이었다.

"네"라고 답한 뒤 옷을 갈아입고 도착한 밴을 타고 공항으로 향했다. '뭐, 어떻게 되겠지' 하는 마음이었다.

통역은 대단찮았다. 기적적으로 말문이 트여서는 아니고, 단원 중에 교포가 몇 있었기 때문이다. 그것 또한 기적이긴 했다.

직원이 내게 오케스트라의 스케줄을 알려주면, 나는 교포 단원에게 그 말을 전했다. 그러면 그가 나머지에게 공지를 했다. 별다른 문제는 없었다. 애당초 스케줄이라곤 공연 전 리허설을 위해 연습실에 데려간 뒤, 밥 때가 되어 밥을 먹이면 끝인 단순한 일이었으니까.

일정이 끝나면 매일 술을 마셨다. 대부분 한국 방문이 처음이라 관광도 할 겸 명동이니 홍대니 하는 곳을 둘러본 뒤 자연스레 시작된 술자리는 종종 호텔 방 안까지 이어졌다. 호텔은 회사 건물들이 늘어선 서울역 근처에 있었는데, 밤 열두 시가 넘은 시간까지 창 너머로 불이 켜진 사무실들이 적잖이 보였다.

"오. 저기 봐. 사람들이 아직도 있어."

"양복에 넥타이까지 매고 있는데."

"밤에만 일하는 사람들인가?"

한 무리의 단원들은 손에 맥주병을 든 채 창가에 서서 야근하는 회사원들을 구경했다.

"왜 저렇게 열심히 하는 거야?"

뉴욕에서 활동하며 센트럴파크가 내려다보이는 아파트에 산다는 바이올리니스트가 물었다.

"그래야 돈을 버니까."

바이올리니스트는 되물었다.

"저 사람들 가난해?"

나는 그저 웃었다. 내 짧은 영어로 저 복잡다단한 사연을 설명할 자신이 없었다.

매일을 그렇게 지내다 보니 단원들과는 사이가 좋았다. 이런 사정(나는 사실 7개 국어는커녕 영어도 제대로 못한 채 매일 술이나 마시며 논다는 사정)을 공연 기획사에서는 눈치채지 못했다. 안다고 해도 문제될 것도 없었다. 한 번도 일정이 어긋나지 않았고, 단원들의 만족도도 높았으니까. 그래서일까, 기획사 대표는 공연이 끝난 뒤 열흘 정도 추가로 일해줄 것을 원했다. 단원들과 함께 리조트를 빌려 진행하는 행사에서도 통역을 해달라는 것이었다. 거절할 이유가 없었다. 말이 통역이지 술이나 마시고 밤새 떠들기만 하면 되니 놀면서 돈 버는 셈이었다.

행사는 음악 전공 학생들을 상대로 진행하는 '마스터 클래스'라는 것이었다. 단원들 외에도 이 행사를 위해 해외 대학의 유명 교수들이 초청됐다. 참가 학생들은 집안이 여유로운 것 같았다. 참가비만도 수백 만 원이었고, 학생들이 가지고 온 악기 가격이 천만 원 단위는 기본이었다. "엄마가 여기 와아 5천만 원짜리 바이올린 사준대서" 참가한 학생도 있었다.

일은 별 게 없었다. 초청 교수들이 있다는 사실에 잠시 당황했지만, 새로이 투입된 유학파 출신 학생 몇이 통역을 전담했다. 나는 레슨 시간표를 들고 시간에 맞춰 학생들을 들여보내기만 하면 됐다. 자신의 방에서 연습을 하고 있는 경우는 어려울 게 없었지만, 수업이 듣기 싫어 숨어 있는 학생들이 적지 않아 숨을 헐떡이게 뛰어다니며 찾아야 하는 경우가 많았다. 비싼 돈을 주고 와서는 숨어 있다니. 이해할 수 없었다. 종일 뛰고 밤이 되면, 녹초가 된 몸으로 단원들과 술을 마셨다. 그들은 그들대로 의욕 없는 학생들에게 레슨을 하느라 지쳐 있었다.

"헬리콥터맘이 너무 많아."

한 비올리스트가 말했다.

"재능이 없는 건 둘째 치고, 연주를 좋아하지 않는 애들을 강제로 시키는 이유를 모르겠어. 피곤해."

그의 말에 중학교까지 한국에 살았던 재미교포 바이올리니스트가 답했다.

"애가 좋아하는지는 상관없어. 재능이 없어도 문제없어. 돈을 내고 자격을 사는 거야. 이 캠프만 봐도 그래. 열흘 남짓에 몇 백이야. 부모들이 원하는 건, 그 캠프에 참가했다는 인증이야.

일주일에 한 시간이라도 어떤 교수의 레슨을 받았다는 증명을 사는 거야. 얼굴 도장 찍고 나면 그 교수나 우리가 해외에서 하는 공연에도 꼬박꼬박 참석하지. 꽃다발을 전달하고 같이 사진을 찍어야 하거든. 그 몇 분을 위해 비행기를 타고 열 시간을 날아가는 거야."

"그게 무슨 소용이 있어?"

다른 바이올리니스트가 물었다.

"마피아 같은 거거든. 한국에서 음악을 하는 건."

재미교포 바이올리니스트는 웃으며 농담삼아 말했다.

"어느 라인을 타느냐가 인생을 좌우하지."

그러던 어느 날, 새로운 임무가 주어졌다. 마스터 클래스 행사가 끝난 뒤 이어서 진행될 다음 행사 대상자들에게 전화로 참가 여부를 묻는 것이었다. 그 행사는 마스터 클래스와는 반대로, 재능은 있으나 경제적 여건 때문에 중도 포기한 학생들이 대상이었다. 개중에는 정말 실력이 훌륭해 외국 교수가 벌써 몇 차례나 자신이 있는 대학으로 올 것을 권유하는 학생도 있다고 했다.

명단을 받아든 나는 가슴이 벅차올랐다. '무료로 유명 음악가의 레슨을 받을 수 있다는 소식을 들으면 얼마나 기뻐할까'

하는 생각에서였다. 전화를 거는 임무는 미국에서 유학 생활을 하던 학생과 내가 함께했다.

"형, 이 전화 받으면 엄청 좋아하겠네요."

그가 말했다.

"그래. 진짜 나라면 눈물이 날 거야."

우리는 싱글벙글거리며 자리에 앉아 각자 맡은 목록을 내려놓고 전화를 걸기 시작했다. 뚜루루루. 뚜루루루. 몇 번인가의 신호가 간 뒤 상대가 전화를 받았다.

"안녕하세요. ○○○ 학생 댁이죠?"

"그런데요."

수화기 너머로는 지친 할머니의 목소리가 들렸다.

"네. 다름이 아니고, 이번에 ○○ 단체에서 유명 음악가에게 무료로 레슨을 받을 수 있는 행사가 있는데 ○○○ 학생이 대상자로 선정되어 전화드렸습니다!"

일부러 꾸미지 않았지만 기쁨에 들뜬 목소리가 절로 나왔다.

"우리 애는 이제 피아노 안 쳐요."

여전히 만사 피곤한 듯한 목소리로 할머니가 말했다. 예상과는 너무나 거리가 먼 대답에 잠시 할 말을 잃었다. 무슨 사정인가, 어떤 일인가 짐작할 수도 없었다.

"이건 정말 좋은 기회예요. 돈도 안 들고."

연유를 알 수 없어 다급히 말하는 내 말을 자르고 할머니가 말했다.

"얘가 엄마 아빠가 없어 당장 먹고 살기도 힘든데 피아노는 무슨 피아노."

그리고 전화는 끊겼다. 어리둥절해진 나는 가만히 전화기를 바라만 보았고, 그 모습을 본 동료가 "형, 왜 그래요?" 하고 물었다.

"안 한대."

나는 짧게 답했다.

"왜요?" "사정이 많이 안 좋은가 봐." "그래서 공짜로 해주잖아요." "그래도 못할 정도인가 봐."

우리는 잠시 갸웃거린 뒤 다시 작업을 이어나갔다. 그러나 연이어 대상자(정확히는 그들의 보호자)들은 단호하게 참여를 거부했다. 이유는 한결같았다. 사정이 안 좋다. 먹고 사는 것만으로 바쁘다. 아이가 재능이 있다 한들 지속적인 지원을 해줄 여력이 없다. 한 번의 무료 강의야 감사히 받겠지만 그 뒤가 문제다.

"우리 애가 첼로 그만두고 한눈 안 팔고 착실히 학교 다니는데 왜 자꾸 바람을 넣습니까!"

한 부모는 그렇게 소리쳤다. 할 말이 없어 "죄송합니다"라고 말한 뒤 전화를 끊었다.

아직 명단엔 많은 사람이 남아 있었지만, 쉽사리 수화기를 들지 못했다. 여름이라 더웠고, 겨울철 스키장에서 주로 이용하는 리조트라 에어컨이 없었다. 땀이 턱 끝에 맺혔다가 바닥으로 또옥 또옥 떨어졌다. 이곳엔 수백만 원의 참가비를 내고 수천만 원짜리 악기를 들고 와 하루 한 시간 남짓의 수업을 듣는 것도 지겨워 숨어 있는 통에 종일 잡으러 다녀야 하는 학생들이 있었다. 수화기 너머엔 재능이 탁월한데도 부질없는 희망을 심어주지 않으려는, 돈이 없다는 이유로 열매를 맺지 못할 바에야 싹을 죽이는 것이 서로에게 덜 고통스럽다는 보호자를 둔 학생들이 있었다.

뚜욱 뚜욱. 턱 끝에 맺힌 땀이 아니, 눈물이 바닥에 떨어졌다. 나는 질질 울고 있었다. 그 모습을 보고 놀란 동료가 "형, 왜 울어요?" 하고 물었다.

어릴 적 나는 그림 그리는 것을 좋아했다. 사생대회에서 종종 상도 타왔다. 칭찬을 받기 위해 아버지에게 상장을 내밀면 심드렁한 표정으로 "그림은 취미로 하면 돼"라는 대답이 돌아왔다. 미술 선생님은 예술 고등학교로 진학할 것을 권했다. 아버지는 말도 안 되는 소리 말라며 일축했다. 대수롭지 않다는 듯 웃어넘기는 아버지 모습은 내내 잊히지 않았다. 고등학교에 가며 그림 그리는 것을 그만두었다. 의도적으로 그리지 않았다. 설령 재능이 있다 한들, 피우지 못할 꽃이라면 일찌감치 꺾어버리는 것이 낫다고 생각했다. 시간이 흘러 내가 돈을 벌 무렵 아버지는 고백했다.

"네가 그림에 재능이 있어 꿈을 가져도 우리 형편으로는 감당할 수 없었어. 희망에 차 꿈을 좇던 너를 절망하게 하고 싶지 않았고. 그때 우리에게 쏟아질 원망을 감당할 자신이 없었어."

나는 아무 말도 하지 않았다. 되돌릴 수 없는 일이니까. 내가 그림을 그리지 않아도 평생을 가난하게 살았던 집이었으니까. 스스로 납득할 수밖에 없었다.

나는 말했다.

"슬퍼서. 지금 이 상황이 너무 슬퍼서."

동료는 내 등을 어루만지며 말했다.

"무슨 말인지 알 것 같아요."

그도 연이은 거절을 당한 참이었다.

한참을 운 뒤, 계속해서 전화를 걸었다. 걸고 또 걸며 바라고 바랐지만 참여자는 몇 되지 않았다. 그마저도 마지못해 수락했다. 기쁜 목소리는 듣지 못했다. "이번 한 번만이에요"라고 말하는 이도 있었다.

초코소라빵을 먹노라면, 만드는 법을 배워 무진장 싸들고 다니며 아이들에게 나눠주고 싶다. 그래서 어른이 되고서야 결핍을 충족하게 될 아이를 한 명이라도 줄이고 싶다. 창밖에 서서 초코소라빵을 바라보기만 했던 과거의 나를 위로하고 싶다.

호두과자

살아있는 한 살아갈 뿐

중학교 2학년 어느 날, 눈을 떠보니 병상 위였다.

영문을 알 수 없어 한참을 눈만 깜빡이며 기억을 더듬었다. 조금 전까지 분명 학교에서 친구들과 잡담을 하고 있었다. 그런데 다음 순간 병원에 있다. 귀신이 곡할 노릇이었다. 천천히 고개를 돌려 주위를 살펴보니 어머니가 곁에 앉아 있었다. 무언가를 보는 중인지 내가 깨어난 것을 눈치채지 못했다.

"… 엄마."

내가 부르자 고개를 번쩍 든 엄마는 "어. 그래" 하고 답했다.

"… 왜?"

말이 잘 나오지 않았다. 단지 목이 잠긴 게 아니었다. 윗니와 아랫니의 아귀가 맞지 않아 발음이 샜다. 이유는 모르지만 치아 구조가 변형되어 있었다.

“기억 안 나?” 어머니는 물었고, “안 나” 하고 새는 발음으로 답했다. 어머니는 황당한 표정으로 한숨을 내쉬었다.

자초지종은 이렇다.

자전거가 있었다. 낡고 고장 나 버린 것을 아버지가 주워온 것이다. 남이 버린 것을 가져다 쓰는 건 아버지의 취미였다. 어머니는 왜 쓰레기를 주워왔냐고 화를 냈지만, 아버지는 아랑곳하지 않았다. 아버지는 그 고물 자전거를 반나절에 걸쳐 녹을 없애고, 기름을 칠하고, 도색까지 했다. 타고 다니지는 않았다. 아버지의 즐거움은 고물을 주워와 고치는 것뿐이었다. 고물상을 하면 좋을 텐데 그건 별로 생각이 없는 듯했다. 그래서 자전거는 내가 타고 다녔다. 성인용 자전거라 버겁게 큰 데다 기어가 없고 프레임도 철로 만들어져 언덕을 오를 때면 진땀을 빼야 했지만, 내려올 때의 짜릿함이 좋았다.

신나게 타고 다니던 어느 날, 자전거를 살펴보다 브레이크 페달과 브레이크를 연결하는 철선이 한 가닥만 남고 다 끊어져 있는 걸 발견했다. 가슴이 철렁했다. 씽씽 달리다 그 한 가닥마저 끊어져버렸다면 바닥에 패대기친 햄버거 패티가 될 게 뻔했다.

아버지도 고치지 못할 것 같았다. 자전거포에 가져가 수리를 해야 할 텐데, 주워온 쓰레기에 돈을 쓰는 것은 아까웠다. 결국 니퍼를 가져와 남은 한 가닥 브레이크 선을 끊어버렸다. 이쯤에서 이별하는 게 서로에게 좋겠다 싶었다. 담담히 말하고는 있지만, 당시의 심정은 애마의 목을 치는 김유신과 다르지 않았다.

비장하게 브레이크 선을 자른 뒤 자전거는 한구석에 처박아 놓았다. 행여나 누군가 봉변을 당할 수도 있으니 가족에게도 이 사실을 알렸다. “고치면 되는데 저놈은 정말” 하고 아버지는 순간 흥분했지만, 그 뒤로도 고치지 않은 걸 보면 내 판단이 옳았음을 인정하는 것 같았다.

내가 병원에서 깨어난 그날, 어머니의 말에 따르면 학교에서 돌아온 내가 스스로 그 자전거를 끌고 나갔다고 했다. “얘. 그거 브레이크 끊어졌다며!” 하고 어머니는 외쳤지만, 이미 나는 커다란 자전거를 탄 채 허우적대며 멀어진 뒤였다. 이후 친구들과 함께 당시 다니던 중학교에 도착했다. 대개의 학교처럼 언덕배기 위에 있는 학교였다. 무거운 자전거를 질질 끌고 언덕 꼭대기 정문까지 도착한 나는 친구들에게 이렇게 외쳤다고 한다.

"간다아아!"

내 자전거 브레이크 선이 끊어져 있다는 걸 친구들도 알고 있었다. 모두가 말렸지만 허사였다. 나는 뭐에 홀리기라도 한 듯 자전거에 올라타 망설임 없이 페달을 밟았고, 쏜살같이 내리막길을 달려서는 그대로 시멘트 벽에 격돌했다. 친구들은 '자살 특공대 같았다'고 회상했다.

친구들은 부랴부랴 부모님을 데려왔다. 출동한 119 요원은 괴상한 각도로 몸을 뒤틀고 기절한 나를 옮기기 전, 부모님에게 "죽거나 불구가 될 확률이 높으니 마음의 준비를 하시는 게 좋습니다"라고 말했다고 한다.

그게 이 사건의 전모다. 어머니 말을 들어도 이해할 수가 없었다. 말이 되는 게 없었다. 내 손으로 직접 브레이크 선을 끊은 자전거를 타고 나가 사고를 당하다니. 게다가 평소에도 감행한 적 없던 학교 등굣길을 달려 내려오다니. 무서웠다. '주워온 자전거가 사실은 저주받은 자전거라 나를 홀렸나' 싶어서는 아니고, '죽음이라는 것이 이렇게 의식하지 못한 순간 닥칠 수 있구나, 내가 죽는다는 걸 알아채지도 못한 채 죽을 수도 있구나' 싶어 무서웠다.

그 뒤로 나는 변했다. 조심스럽게 살아가기로 한 건 아니다. 되레 그 반대로, 한층 망설임이 없어졌다. 이전에도 딱히 신중한 성격은 아니었지만 '이렇게 허망하게 죽는 게 삶이라면, 주저할 이유가 없겠다' 싶어 한 가닥 남은 이성의 브레이크 선마저 끊어 버렸다.

운 좋게 죽거나 불구가 되지 않은 나는 멋대로 산다. 미래에 대해 특별히 신경 쓰지도 않는다. 어느새 마흔을 눈앞에 두고 있지만 여전히 하루하루 닥치는 대로 살고 있다. 덕분에 곤란한 일을 많이 겪지만 딱히 근심은 없다. 설사 지금 핵전쟁이 일어나 저 멀리 피어오르는 버섯구름을 본다 해도 걱정하지 않을 것이다. 아무리 애를 써도 죽을 때가 되면 죽을 수밖에 없다. 지금 살아 있으면 그걸로 됐다. 설령 세상이 멸망해 폐허가 된 도시의 잔해 속에 떨궈진다 해도 '어딘가 내가 좋아하는 호두과자 한 알쯤 남아 있겠지?'라고 생각하며 부단히 살아갈 것이다. 그 중에 죽어도 상관없다.

죽음은 눈치채지 못한 채 다가올 수 있다는 걸 알기에 무섭지 않다. 그저 살아 있는 한 살아갈 뿐.

요구르트

나아질 거라는 희망

불가리아에 갔다. 장수의 비결을 알아내기 위함이었다. 그러나 도착한 불가리아의 수도 소피아는 예상 밖이었다. 상상 속의 불가리아인은 장수 국가의 국민답게 햇살 속을 거닐며 평화로운 웃음을 지은 채 요구르트를 만들 거라 생각했지만, 다른 수많은 나라들과 별반 다를 바 없는 삶을 살고 있었다. 차도 많았고, 장마라 줄곧 비가 추적추적 내렸다. 다른 유럽과 별반 다를 바 없는 풍경이라 조금 실망스러웠지만 차이점도 몇 가지 있었다.

첫째, 고개를 끄덕이는 것이 부정을 뜻했고, 반대로 고개를 가로젓는 것은 긍정을 의미했다. 몰랐다. 아무도 알려주지 않았다. 그럴 수밖에 없는 게 내가 아는 사람 중 불가리아에 가본 사람이 아무도 없었다. 여행 중 만나는 사람들에게 "불가리아에 가보셨나요?" 하면 돌아오는 답은 대개 "옆 나라인 크로아티아는 가봤습니다. 두브로브니크. 참 아름다운 곳이었죠"였다. 생각보다 사람들은 불가리아에 관심이 없었다. 워낙 어릴 적부터 광고를 통해 요구르트의 나라로 접해왔기 때문에 '다들 요구르트나 만들겠지' 하는 선입견이 있는지도 모를 일이다. 나도 그랬지만.

어쨌든 고개를 젓는 방식이 여타 나라와 달랐다. 한 번은 사진기를 목에 걸고 터덜터덜 걸어가는데 누군가 나를 불렀다. 돌아보니 한 청년이 친근하게 웃으며 같이 사진을 찍자는 손짓을 했다. 반가운 마음에 고개를 끄덕였으나 그는 시무룩한 표정으로 인사를 한 뒤 제 갈 길을 떠났다. 이후로 몇 번인가의 비슷한 경험을 통해 뜻은 알게 되었지만, 쉽사리 익숙해지진 않아 한동안 비슷한 상황을 더 겪어야 했다.

두 번째로, 요구르트가 많았다. '역시 불가리아!' 하는 탄성이 나올 정도였다. 마트 음료 판매대의 반 이상이 요구르트였다. 그렇다고 다른 음료가 적은 것은 아니다. 다른 나라보다 몇 배 이상 많은 요구르트가 있을 뿐이었다. 직접 요구르트를 만들어 파는 상점도 있었고, 집에서 만들어 온 요구르트와 치즈를 장터에 내다 파는 사람도 많았다. 아침이면 요구르트를 사 먹는 사람이 많았다. 나도 그 틈에 껴 자주 사 먹었다. 물론 식당에서도 팔았다. 음료로도 팔고 디저트로도 팔았다. 우유처럼 묽은 것에서부터 크림치즈처럼 꾸덕한 것까지 요구르트를 이용해 만들 수 있는 건 대부분 존재했다. 불가리아에 머무는 동안 매 끼니마다 다른 요구르트를 먹었지만 백분의 일도 먹지 못했을 정도로 종류가 다양했다. 맛은 뭐, 요구르트 맛이었다.

세 번째로, 집시가 '보였다.' 사실 집시는 유럽 어딜 가나 있었다. 파리에서 에펠탑을 구경하러 갔다 배가 고파 사과를 먹는데 어디선가 나타난 집시가 "한 입만" 하며 다가왔다. 사과를 통째로 건네주며 '역시 유럽은 집시가 많구나' 했다. 하지만 그 이상 다가오진 않았다. 간혹 다가와 뭔가를 달라고 하지만, 외면하려면 얼마든지 외면할 수 있는 유령 같은 존재였다.

그러나 불가리아의 집시는 적극적이었다. 피하는 것이 불가능하다. 길을 건너려고 횡단보도에 서 있는데 도로 옆 수풀 속에서 열 살이 채 안 돼 보이는 꼬마 집시가 비틀거리며 기어나왔다. 꼬마 집시는 비닐봉지를 코와 입에 대고 연신 들이마셨다 내쉬었다를 반복했다. 본드를 흡입하는 것이다. 대낮의 수도 번화가 한복판에서 믿을 수 없는 장면이 태연하게 펼쳐졌다. 어안이 벙벙해 그 모습을 바라보고 있던 내게 눈이 풀린 꼬마 집시가 다가와 손을 내민다. 바로 옆엔 경찰관이 서 있다. 하지만 상관하지 않는다. 정장을 입은 사내와 힐을 신은 아가씨와 콧수염을 기른 아저씨가 우리 사이를 바삐 지나친다. 아이는 여전히 풀린 눈으로 나를 바라보고 있다. 한 손은 내게 향해 있고 다른 손으론 봉지를 쥐고 있다. 나는 정신을 차리고 주머니를 뒤져 동전을 건넸다. 그것을 받아든 아이는 말없이 다시 수풀 속으로 기어들어가 드러눕는다. 그동안에도 본드가 든 비닐봉지는 쉴 새 없이 오므려졌다 펴진다.

그제야 둘러보니 사방이 집시다. 거리의 골목마다, 공원의 수풀마다 봉지를 든 꼬마 집시들이 드러누워 있고, 공허한 눈빛의 엄마 집시가 삐쩍 마른 아이를 안은 채 지나가는 사람에게 손을 내밀어 소리친다. 번잡한 길을 벗어나 외진 골목을 걷노라면 어디선가 나타난 청년 집시가 다가와 묻는다.

"필로폰? 엑스터시? 왓 두유 원트?"

손사래를 쳐도 포기하지 않는다. 끈질기게 따라오며 알고 있는 모든 마약의 이름을 나열한다. 끝내 대꾸하지 않으니 "치노!(중국인!)"라고 놀리며 사라진다. 좀 떨어진 곳에선 집시 매춘부가 흔들리지 않는 눈빛으로 나를 바라보고 있다. 애써 다른 곳을 바라보며 걸어가다 스쳐 지나갈 무렵 그녀가 나지막이 속삭인다.

"섹스?"

"어쩔 수 없어."

게스트 하우스를 관리하는 불가리아 청년이 말했다.

"우리나라 국민도 아닌 걸. 처벌을 해도 수용할 시설이 없고, 풀려나오면 다시 같은 일을 반복하니까."

그는 대학에서 사학을 전공한다고 했는데, 그래서일까 한가할 때면 부엌에 앉아 혼자 책을 읽곤 했다. 머리는 언제나 단정하게 빗어 넘겼고 얇은 테의 안경을 썼으며 늘 깨끗한 셔츠에 면바지를 입고 있었다. 언젠가 교수가 되지 않을까 확신이 드는 사람이었다. 교수 외엔 뭐가 된다 해도 믿기지 않을 정도였다.

"슬픈 일이야. 너무나 슬픈 일이야."

나는 말했다. 그는 읽고 있던 책을 덮으며 "맞아. 슬픈 일이지. 하지만 우리나라는 너무 가난해" 하고 답했다.

"너희 나라는 우리보다 훨씬 잘살아서 젊은 네가 별다른 목적도 없이 비행기를 타고 날아와 여행을 다니는 게 특별한 일이 아니겠지만, 대학을 졸업하고 취직해 받는 월급이 500유로(약 60만 원)인 우리로서는 쉽게 할 수 없는 일이야. 그런 상황이니 집시까지 감당할 여력이 안 돼. 우리도 어린아이가 본드를 하고, 마약을 파는 것을 보면 마음이 아파. 그들을 돕는 것이 옳다는 것도 알아. 하지만 그럴 수 없는 상황에서 우리가 할 수 있는 건 그저 두고 보는 것뿐이고, 그걸 나쁘다고 할 수도 없다고 생각해. 우리는 우리 일만으로도 버겁거든."

그는 비통하지만 담담한 표정으로 말했다. 마치 1241년 몽고가 불가리아를 침략해 1341년까지 백 년 동안 속국으로 지배받았다는 역사적 사실을 학부 신입생에게 알려주는 교수처럼 보였다.

"하지만 나아지겠지?"

내 물음에 그는 조용히 고개를 끄덕였다. 그것이 어떤 의미의 끄덕임인지는 묻지 않았다.

Bepe

베지밀

마지막 선물

수능이 끝난 뒤 처음 아르바이트를 했다. 실내 낚시터를 홍보하는 전단지를 돌리는 일이었다. 굉장히 단순하고 지루했으나, '돈을 번다는 건 원래 이런 것'이겠거니 하며 걷고 또 걸었다. 산티아고 순례길을 걷는 게 유행인데, 멀고 먼 칠레까지 갈 돈이 없다면 전단지 아르바이트를 추천한다. 정말 긴 시간 홀로 걸으며 깊은 생각에 잠길 수 있고 감사하게도 돈도 번다.

그렇게 한 달이 흘러 첫 월급을 받아 평소 갖고 싶던 중고 캠코더와 외할머니에게 드릴 내복, 그리고 '베지밀' 한 박스를 샀다.

외할머니를 생각하는 마음이 특별히 애틋했던 건 아니다. 보통 처음 돈을 벌면 집안 어른께 그런 선물을 하는 것을 보고 들어 흉내를 냈을 뿐이다. 비싼 것도 아니었다. 캠코더를 사고 남는 돈으로 내복과 베지밀을 샀다고 해도 틀린 말은 아니었다. 베지밀을 산 이유는 외갓집에 갈 때마다 아버지가 사갔기 때문이었다. 외할머니가 베지밀을 좋아했는지는 모르겠다. 워낙 어릴 적부터 봐온 터라 으레 외할머니는 베지밀만 드시는 줄 알았다.

외갓집에 도착해 대문을 두드렸으나 아무도 없는 듯했다. 미리 연락을 하지 않았으니 예상했던 일이었다. 외할머니는 있을 거라 짐작했다. 얼마 전 자리에서 일어나다 쓰러져 골반 뼈가 부러진 뒤로 내내 방에만 누워 있다는 것을 알고 있었다. 그래서 대문을 두드리며 "할머니, 할머니" 하고 말한 뒤, 문에 귀를 바짝 대고 앉았다. 혹시나 소리가 들려오는지 확인하기 위해서였다.

잠시 뒤, 문 너머로 "누구쇼?" 하는 외할머니 목소리가 들려왔다. 기운이 없어서인지 한층 멀게 들리는 작은 목소리는, 깊은 숲속에 사는 늙은 요정이 속삭이는 것만 같았다.

역시 외할머니는 집에 있었다. 하지만 다른 사람이 없어 대문을 열 방법이 없었다. 외숙모에게 전화를 거니 하필이면 좀 떨어진 곳에 나와 있어 금방 돌아갈 수 없다고 했다. 어쩔 수 없이 열쇠 수리공을 불러 문을 땄다. 피 같은 돈 만 오천 원이 사라졌고, 도착한 지 삼십여 분이 지나서야 외할머니 방에 들어갈 수 있었다.

외할머니는 손바닥만 한 방 안에 보송송하게 씨만 남은 민들레 같은 모습으로 앉아 있었다. 어디선가 훅 하고 바람이 불어오면 소리 없이 공기 중으로 흩어져버릴 것만 같았다.

"어떻게 왔어?"

외할머니는 기운 없이 물었다.

"제가 돈을 벌어가지고 선물을 좀 샀어요."

나는 자리에 앉으며 내복과 베지밀을 내밀었다.

"아이고, 네가 돈을 벌었어? 너나 쓰지 왜 이런 걸 사와."

외할머니는 천천히 내복을 집어 들어선 찬찬히 서랍장에 넣었다. 잠깐 서랍이 열린 사이로 사탕 같은 것이 힐끗 보였다. 어릴 적 내게 주던 것들이었다. 베지밀은 방구석 한 켠에 밀어두었다.

용무가 끝났으니 돌아가야 하는데 일어날 수 없었다. 내가 돌아가면 다시 침묵 속에 남겨질 외할머니가 마음에 걸렸다. 뭐라도 할 게 없나 생각하다 마침 가방 속에 있던 캠코더가 생각났다. 사긴 했지만 막상 뭘 찍어야 할지 몰라 전단지를 돌리는 틈틈이 거리 풍경을 찍어왔던 캠코더. 나는 캠코더를 꺼내 외할머니에게 찍어둔 영상을 보여줬다.

"할머니. 이거 보세요."

"뭔데, 할미는 눈이 잘 안 보여."

"여기가 과천 어디인데, 보도블록에 램프를 박아놔서 밤에 불이 들어와 별처럼 보이는 걸 찍은 거예요."

"세상에, 돈 아까워라."

작은 캠코더 화면을 보며 외할머니는 말했다. 워낙 구식이라 액정도 흑백이고 화면도 작아 제대로 보이지도 않지만 외할머니는 입을 벌리고 감탄했다. 아마도 외손주가 보여줘서 호응해준 것이겠지. 외할머니는 언제나 그랬다. 어릴 적 사촌 형 스케치북에 그림을 그리고 있으면 "아이고. 그림 제법 그리네~" 하며 칭찬해주었다. 좀 더 자라 하루 종일 컴퓨터로 게임을 하고 있으면 "요즘엔 컴퓨터를 잘해야 한다더라~"며 말을 건넸다. 아령을 들고 깨작대며 운동을 하면 "너무 많이 하면 몸 흉해져"라며 걱정을 했다. 나의 아주 작은 노력과 성취에도 언제나 넘치는 반응을 보이는 외할머니였다.

"할머니. 지금부터 비디오 찍을 거예요."

나는 외할머니를 찍기로 했다. 어느 날 흔적 없이 사라져버릴지 모르는 외할머니 모습을 담아두고 싶었다.

"왜 숭한 노인네를 찍어. 예쁜 거 찍어."

외할머니는 그렇게 말하면서도 피하지는 않았다. 사실 앉아 있는 게 다라 피할 방법도 없었다.

"할머니. 말 좀 해보세요."

"말은 무슨 말. 할 말 없어."

"밖에는 봄이 왔어요."

"그래? 벌써?"

"꽃도 많이 피었어요."

"꽃이 피었단 말이여?"

외할머니는 할 말이 없는지, 기운이 없는지 내가 한 말에 대답만 할 뿐이었다.

"나는 몰랐지, 방에만 있어서."

외할머니 방에서 보이는 창은 맞은편 건물밖에 보이는 게 없었다. 종일 같은 풍경만 바라보며 무슨 생각을 하셨을까. 알 수 없었다. 물어보지도 못했다. 그해 여름 외할머니는 그대로 일어나지 못하고 돌아가셨다. '개나리꽃이라도 좀 찍어 보여드릴걸' 내내 생각했다.

몇 해 지나 어머니 생일날. 선물로 그때 영상을 보여주었다.

화면 속 외할머니는 심드렁한 표정으로 우리를 향해 물었다.

"꽃이 피었단 말이여?"

어머니는 그런 외할머니를 보며 웃는 얼굴로 눈물을 흘렸다. 눈물을 흘리며 가끔 소리 내 웃기도 했다. 짧은 영상을 다 본 뒤 어머니에게 말했다.

"다음부터는 유료 상영이야."

그러자 어머니는 "이젠 안 볼 거야"라고 말했다.

외할머니가 돌아가시고 얼마 후, 유품을 정리하는데 서랍장 속에 내가 선물한 내복이 포장을 뜯지도 않은 채 있었다고 한다. 다행히 베지밀은 다 드셨다는 걸 보면 좋아하긴 하셨던 것 같다.

3

도넛

더 우월한 맛은 없다

기억에 남는 대학 면접 경험이 두 개 있다.

첫 번째는 '고3'이 끝난 뒤 지원했던 어느 야간 대학이었다. 지금이야 야간 대학이라는 것이 생소하지만, 그때만 해도 있었다. 자세히는 모르지만 직장인을 위해 개설된 과정이고, 그래서 입학을 위한 점수도 낮았다. 내가 그곳을 지원한 건 내 점수로 갈 수 있는 주간 대학이 없었기 때문이다. 다행히 입학 기준을 넘어 면접을 볼 수 있었다. 면접은 교수실에서 교수 한 명이 학생 셋에게 질문하는 형식이었다. 생애 처음 면접이란 걸 보다 보니 잔뜩 긴장했다. 주간이니 야간이니 하는 건 중요하지 않았다. 이곳마저 떨어지면 대학생이 될 수 없다는 위기감뿐이었다.

"먼저, 김보통 학생."
나에 대한 질문부터 시작했다.
"우리 학교에 오게 되면, 어떤 학과에 진학하고 싶은가요?"
첫 질문부터 허를 찔렸다.
나는 국제학부에 지원했는데, 그 학부에 무슨 과가 있는지 몰랐기 때문이다. 딱히 날카로운 질문도 아니지만, 어리석은 나로서는 예상치 못한 일격이었다.

"영문학과에 가고 싶습니다."

국제학부니 그런 것쯤 있겠지라는 생각에서였다.

"우리 학부엔 그런 과가 없네."

그렇게 말하는 교수는 기가 차다는 표정이었다.

"그렇다면 일문학과를."

나름 기민하게 생각한 답이었다. 옆에서 '흐읍' 하고 숨을 들이마시는 소리가 들렸다. 고개를 돌려보니 나머지 두 면접자가 나를 바라보고 있었다. 매우 당혹스런 표정에서 내가 오답을 말했다는 걸 알 수 있었다.

"그런 과도 없네."

교수는 체념한 듯 시선을 내리깔며 말했다. 거의 떨어졌다는 것을 직감했다. 이대로 호락호락 떨어질 수는 없었다. 뇌세포를 총동원해 쥐어짠 해답을 교수에게 던졌다.

"그럼 무슨 과가 있나요?"

교수는 소리를 내어 한숨을 쉬었다. 다시 고개를 돌려 다른 면접자들을 보니 다들 슬픈 표정을 짓고 있었다. 이후로는 아무것도 기억나지 않는다.

놀랍게도 나는 그 대학에 합격했다. 그러나 감사하게도 나를 합격시켜준 그 대학에는 가지 않았다. 학교에서 교수님이 나를 발견했을 때 '저 녀석이 우리 학교 학생이라니' 하는 자괴감을 안겨주고 싶지 않았다.

두 번째 면접은 재수를 해 이듬해 본 수시 면접이었다.

이번엔 교수 셋에 학생 한 명이었는데, 그중 한 교수가 물었다.

"맨홀 뚜껑이 동그란 이유가 뭔지 아는가?"

그런 걸 알 리가 있나. 하지만 이 질문은 '정말' 그 이유를 묻는 것은 아닐 것이다. 내 창의성과 혁신성을 살피려는 심산이겠지. 잠시 고민하다 자신 있게 답했다.

"그럴 만한 이유가 있겠죠."

면접이 끝난 후 어머니와 학교 앞 카페에서 도넛을 먹었다. 어머니는 근심스런 표정으로 "합격할 수 있겠어?"라고 물었고, 나는 "물론이지"라고 답했지만, 당연히 떨어졌다.

당시로선 납득할 수 없었다. 내 진면목을 알아보지 못한 교수들이 원망스러웠다. 그래서 수능을 본 뒤, 떨어진 그 대학에 정시로 지원해 합격했다. 나를 탈락시킨 교수들을 기를 쓰고 찾아내 '저 녀석이 우리 학교에 다니다니!' 하는 의아함을 안겨주고 싶었다. 그러나 아쉽게도 면접을 본 교수 얼굴을 까먹어버렸다. 셋이다 보니 잘 기억나지 않았다. 이후로 학교에서 나를 보고 흠칫 놀라는 교수를 볼 때면 그때 그 교수인가 짐작했을 뿐이다.

그렇게 들어간 대학에서 많은 것을 배웠냐고 묻는다면, 그렇다. 하지만 대학을 안 갔다면 무언가를 배우지 못했을까 묻는다면, 글쎄. 어떤 선택을 해, 어떤 삶을 살았든 그 과정에서 무언가를 배우지 않았을까.

 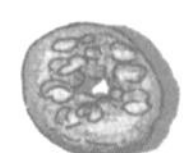  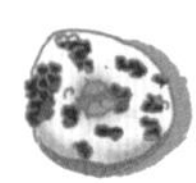 

학생을 대상으로 한 강연을 가면 “대학을 꼭 가야 하나요?”라는 질문을 종종 받는다. 가고 싶은데 못 가는 건 어쩔 수 없지만, 스스로의 판단으로 안 가는 거라면 아무래도 상관없지 않나 싶다. 중요한 건 선택에 책임을 지는 것이다. 내가 선택하지 않은 것을 아쉬워하거나, 선택한 것의 결과를 미리 짐작하는 것은 아무런 의미가 없다. 이는 도넛을 고르는 것과 마찬가지다. 저마다 다른 맛의 도넛일 뿐, 어떤 맛이 더 우월한가를 따지는 것은 쓸데없다. 먹고 싶은 것을 먹고, 섭취한 칼로리만큼 살아내면 된다. 다소 고통스럽겠지만 도넛이라는 게 원래 그렇다.

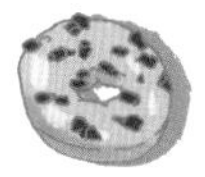
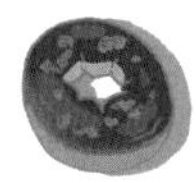
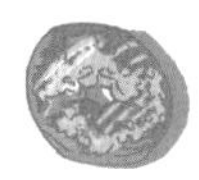

세 번째 맛

이 맛에 어른이 됐습니다

뽑기

그렇게 아이들은 자라난다

어릴 적 학교를 마치고 교문을 나서면 뽑기 할아버지가 있었다. 낡아빠진 파라솔을 펼치고 만든 노점에서 하교하는 꼬맹이들을 상대로 장사를 했다. 믿기지 않지만, 나는 비위생적이란 이유로 뽑기를 좋아하지 않았다. 그러나 뽑기 만드는 걸 보는 건 좋아했다. 사르르 녹아내린 설탕에 소다를 섞으면 요술처럼 부풀어 오르는 그 광경은 매혹적이었다.

아이들은 옹기종기 모여앉아 뽑기를 만들었다. 뽑기 국자는 개수가 많지 않아 자기 차례를 기다리는 아이들은 다른 아이들이 만드는 것을 구경해야만 했다. 뽑기 할아버지는 언제나 별말 없이 아이들이 뽑기 만드는 것을 도왔다. 뽑기 국자에 설탕을 한 숟갈 넣고 연탄불 위에 올려 살살 녹을 때까지 젓가락으로 뒤적뒤적했다. 어느 정도 녹으면 돈을 낸 아이에게 건네고, 받아든 아이는 한쪽에 있는 소다를 젓가락으로 찍었다. "너무 많이 넣으면 쓰다잉." 할아버지는 말하곤 했다. 소다가 묻은 젓가락을 녹은 설탕 안에 넣고 휘휘 저으면 금세 갈변하며 부풀어 올랐다. 동시에 달콤한 캐러멜 향이 훅하고 풍겼다. 모여든 아이들의 콧구멍이 동시에 벌름벌름거리는 순간이다.

어느 정도 됐다 싶으면 할아버지는 아이의 국자를 넘겨받아 설탕이 뿌려진 쟁반 위로 탁 하고 내리쳤다. 황갈색 찹쌀떡 모양으로 떨어진 그것을 할아버지는 호떡 누르는 틀 같은 것으로 지그시 눌러 얇게 폈다. 그리고 다시 아이에게 물었다.

"뭘로 찍어줄까?"

무늬를 낼 모양 틀을 묻는 것이다. 아이의 두뇌는 빠르게 회전한다. 하트 모양을 선택해야 떼어내기 쉽다. 부서지지 않고 성공해야 하나 더 먹을 수 있다. 하지만 난이도가 높은 별 모양에 도전하고 싶은 욕구와 충돌한다. 그리고 왠지, 오늘은 성공할 것만 같다. 마침 옆자리에 앉은 친구가 "한 번 해봐"라며 부추긴다. 그래서 호기롭게 말한다. "별이요."

순간 집중되는 이목. 별이다, 별. 삐죽삐죽 튀어나오고 들어간 곳이 많은 별은 고난도이다. 각각의 꼭지가 모두 난관이지만, 아직 덜 굳은 상태에서 신속하게 떼어낸다면 불가능한 것도 아니다. 시간이 지체되는 건 곧 실패로 직결되기에 아이는 채 굳지 않은 뽑기를 잽싸게 집어 든다. 망설임 없는 손놀림으로 빠르게 덩어리들을 뜯어낸다. 예상대로다. 총 다섯 개의 꼭지 중 세 개까지는 순조롭다. 초등학교 1학년도 숙련되면 할 수 있다.

문제는 뽑기가 딱딱하게 굳은 뒤 공략해야 하는 나머지 두 개의 꼭지다. 이때부터 성공 여부를 결정하는 것은 개인의 역량이 아닌 하늘의 뜻이다. 이쑤시개라도 있다면야 침을 발라 톡톡 떼어낼 수 있다지만 뽑기 할아버지는 그런 것을 준비하지 않는다. 실로 냉철하다. 이제부터는 오로지 맨손으로 겨뤄야 하는 진검승부. 아이는 크게 숨을 들이쉬고 뽑기를 눈앞에 바짝 끌어놓은 채 떨리는 손을 신중히, 더없이 신중히 움직인다. 흡사 알프스산맥에 있는 마터호른 최정상을 눈앞에 둔 채 다음 발을 어디에 놓아야 하나 고민하는 산악인의 모습이다. 그리고 '톡'. 네 번째 꼭지에서 아이는 그만 실수를 저지른다. 아니, 그것은 운명이었으리라. 이내 터져 나오는 탄식, 비탄, 애도, 그리고 분노.

허나 세상은 원체 비정하다.

"자, 다음 차례."

할아버지는 기다리는 아이를 향해 국자를 건네며 말한다. 정상 등정에 실패한 아이는 미련 없이 일어나 다음 아이에게 자리를 건넨다. 그 모습이 사뭇 비장하다. 그렇게 아이들은 자라난다. 다시 말하지만, 나는 비위생적이란 이유로 뽑기를 해본 적이 없다. 그래도 자라긴 자랐다.

엿

그건 배려였을까, 경고였을까

어릴 적 아이들끼리 삼삼오오 골목에서 놀고 있으면, 어디선가 찔꺽찔꺽거리는 가위 소리가 들려왔다. 하던 일을 멈추고 그 소리가 들리는 쪽으로 고개를 돌려보면, 엿장수가 커다란 엿판을 실은 리어카를 끌고 느릿느릿 등장했다. 사이사이 네모나게 각이 진 가위를 손으로 번쩍 들어 다시 찔꺽거리는 소리를 내는 것을 잊지 않으면서. 그 모습이 개선장군이 황금 마차를 몰고 오는 것처럼 근사해 보였다.

엿장수는 무뚝뚝한 얼굴을 한 40대 중년의 남성으로, 말이 없었다. 우르르 몰려든 아이 중 누군가가 "얼마예요?" 하고 물으면, 답하기 싫어 죽겠다는 듯이 "오십 원" 하고 말했다. 마침 호주머니에 돈이 있던 아이가 오십 원짜리를 건넸다. 돈을 받아 든 그는 커다란 엿판을 덮고 있던 비닐을 걷고 아서왕이 엑스칼리버를 뽑아들듯 대패를 꺼내들었다. 이어 힘차게 엿 위를 스치는 대패. '샤악' 하는 경쾌한 소리와 함께 요술처럼 대팻날 위로 엿이 생겨났다. 아이들은 모두 '우와~' 소리를 내며 탄복했다. 달리 구경할 게 없어 별것이 다 신기한 때였다. 그때는 온종일

송충이가 꾸물거리는 것만 보고 있어도 즐거웠다. 조그만 고무 대야에 올챙이를 담아놓고 파는 장사꾼이 있던 시절이다.

아저씨는 진지한 표정으로 나무젓가락을 꺼내 대팻날 위로 밀려나온 엿을 꿰었다. 돈을 낸 아이는 "이게 다예요?"라고 물었다. 오십 원에 대패 한 번이라니 실망한 것이다. 아저씨는 대꾸하지 않는다. 어쩔 수 없이 아이는 엿을 받아들었다. 돈이 없는 아이는 집으로 뛰어 들어가 프라이팬을 들고 나왔다. "이것만큼 엿 주세요!"라고 해맑게 웃는 아이에게 아저씨는 "너, 엄마한테 혼날걸"이라고 말했다. 배려인지, 염려인지 그도 아니면 책임 전가인지, 경고인지 알 수는 없다.

아이는 "괜찮아요! 프라이팬 또 있는데!"라고 말했다. 프라이팬이야 또 있겠지. 하지만 두 개인 이유 역시 있을 것이다. 그 이유가 뭔지까지는 아이는 모른다. 아저씨는 분명히 알 테지만, 아무 말 않고 프라이팬을 받아든다. 이어지는 대팻날의 향연.

우리는 엿 그 자체보다 대패가 한 번 스칠 때마다 엿판은 그대로이지만, 엿은 요술처럼 늘어가는 모습을 더 좋아했던 것 같다. 샤악, 샤악, 샤악. 오십 원 때와는 비교할 수 없게 대패질은 계속됐다. 결국 커다란 배 크기의 '엿 공'이 만들어졌다. 젓가락

한 개로는 무게를 지탱하지 못해 부러질까 특별히 두 개가 꽂혀 있는 엿 공을 받아든 아이는 웃음을 참지 못했다. 그것이 머지않아 울음으로 바뀔 거라는 건 짐작도 못하고 말이다.

다른 아이들도 엿을 샀다. 돈을 내는 아이도 있지만, 그릇이나 냄비를 가져오는 아이도 있었다. 후자의 아이들에게 아저씨는 매번 "너, 엄마한테 혼날걸" 하고 말하지만, 아이들은 번복하지 않았다. 아저씨는 그 아이들의 선택(혹은 각오)을 존중했다. 당시 우리의 결정을 인정해주는 최초이자 유일한 어른이었다.

난 방앗간 한쪽 골방에서 살아 부모님이 항상 곁에 있던 탓에 단 한 번도 그릇을 가져가본 적이 없다. 용돈을 받았던 것도 아니라 돈으로 사 먹지도 못했다. 대신 가재도구와 엿을 맞바꿔 먹던 담대한 아이들의 커다란 '엿 공'을 종종 핥아먹었을 뿐이었다.

더 이상 돈이건 그릇이건 들고 나오는 아이가 없어지면 아저씨는 올 때와 마찬가지로 네모 뭉툭한 가위를 찔꺽거리며 사라졌다. 단 한 번도 가위를 사용해 무언가를 하는 것을 본 적은 없었다. 호박엿 자르는 데 쓴다는 건 알고 있었지만 막상 호박엿은 팔질 않았다. 어쩌면 엿장수로서의 '아이덴티티'를 지키고 싶었던 것일지도 모르겠다.

당근케이크

런던, 그 쓸쓸함에 관하여

세상에는 당근을 넣어 만든 케이크가 있다. 물론 그쯤은 알고 있는 사람이 많겠지만 나는 몰랐다. 케이크에 당근을 넣다니. 누가 그런 악의적 발상을 한 것일까. 아마 처음으로 해삼을 먹어봐야겠다고 생각한 사람과 동료가 아닐까. 어쨌든 당근케이크를 처음 먹어본 것은 지금으로부터 약 10년 전, 런던에서였다.

당시 나는 대학 4학년 1학기를 마치고, 슬슬 취직 준비를 해야 할 때였다. 하지만 입사 원서를 넣으려면 영어 시험 성적이 필요한데, 그때까지 토익을 본 적이 없었다. 주변 친구들 상당수는 이미 입사에 필요한 점수를 얻어놓고 자격증을 따거나 인턴을 하고 있었다. 그러거나 말거나 팔자 좋게 놀던 나는 발등에 불이 떨어졌다. 그래서 특단의 대책으로 영국에서 토익을 공부하기로 했다. 마침 휴학 중 벌어둔 돈이 있던 참이었다.

"영국?"

어머니가 물었다.

"갑자기 그게 무슨 정신 나간 소리야."

나는 의연히 답했다.

"영국 말이 영어거든. 그러니 영어를 배우려면 영국을 가야지."

터무니없는 말이었지만 어머니는 이견을 달지 못하셨다. 얼핏 틀린 말은 아닌 것 같았으니까. 김치를 먹으려면 한국에 가야 하고, 코알라를 보려면 오스트레일리아에 가야 하는 것처럼 영어를 배우려면 영국에 가야 한다. 어머니가 혼란에 빠진 틈을 타 트렁크에 토익 문제집만 잔뜩 넣어 비행기에 올라탔다. 살며 떠났던 대부분의 여행이 즉흥적이었지만, 이번은 더욱 심했다. 비행기 속에서 '이래도 되는 걸까?' 하는 생각을 오천 번쯤 했다.

그런 생각을 하는 사이 비 내리는 런던에 도착. 지인이 사는 곳 방 한 편에 짐을 풀었다. 트렁크 가득 든 토익 문제집을 책상에 주르륵 꽂아놓았다. 그러고는 매일같이 토익 공부를 했다. 오전 중엔 듣기, 오후 중엔 읽기 영역을 공부하고, 피곤할 때면 자리에 누워 피엠피(PMP. 휴대용 멀티미디어 재생 장치. 그것이 무엇인지 지금의 젊은 사람들은 모르겠지만)를 통해 동영상 강의를 보았다. 사람은 만나지 않았다. 당연히 대화도 하지 않았다. 문을 열고 나가면 지나가는 대부분의 사람이 영어를 모국어로 사용하는 나라에서 온종일 방 안에 앉아 토익 공부만 했다.

외출이라곤 며칠에 한 번씩 '아이스랜드'라는 냉동식품 전문 마트에 가는 것뿐. 단 한 명의 친구도 사귀지 못했고, 단 한 번의 잡담도 나누지 않았다. 아침부터 밤까지 방에 틀어박혀 영어를 공부하지만 입 밖으로 내뱉는 말이라곤 "하우 머치?"와 "생큐" 뿐인 생활. 가끔 견딜 수 없을 때면 '네로'라는 카페 체인점에 갔다. 그곳에서 먹은 것이 바로 당근케이크였다.

이상한 음식이다. 그것이 내 첫 감상이었다. 커다란 당근이 얇게 잘려 시트 사이에 끼여 있을 거란 예상과 달리, 잘게 채를 친 당근이 반죽에 섞여 있어 씹히는 맛도 있고 당근 특유의 달콤함도 있었다. 하지만 이상하다. 도대체 누가 케이크에 당근을 넣을 생각을 한 것일까. '당근에 관한 모든 역사, 진화, 요리와 예술을 집대성한' 사이버 박물관인 캐럿 뮤지엄에 따르면, 중세 시대 이전부터 서민들은 단맛을 즐기기 위해 비싼 설탕 대신 당근을 케이크에 넣어왔다고 한다. 그런 것을 알 턱이 없던 나는 깎고 난 손톱만 한 크기로 잘린 당근이 잘근잘근 씹히는 당근케이크를 먹으며 '영어 공부한다고 비싼 돈 주고 영국까지 와 하루 종일 방에 틀어박혀 문제집이나 풀다 당근이 들어간 케이크나 먹을 줄 알았으면 동네 고시원이나 갈걸'이라는 때늦은 후회만 했다.

어찌 됐든 약 두 달간의 묵언수행을 끝내고 귀국해 토익 시험을 보았다. 다행히 입사 원서를 넣을 수 있는 최저 기준은 넘겼다. 어머니는 친구들에게 "우리 아들이 런던에서 토익 공부하고 와서 성적 올랐어"라고 말했다. 틀린 말은 아니지만, 부끄러웠다. 이후로 당근케이크를 먹을 때면 음울하고 쓸쓸했던 런던에서의 시간이 떠오른다.

크레이프

모든 건 제자리로 돌아간다

유치원 다닐 때 대학생인 사촌 누나(복숭아 병조림의 그 누나다)가 우리 집에 함께 살았다. 당시는 87년 6월 항쟁 때라 늘 시위가 많았고, 살던 곳이 서울대 근처여서 최루탄 냄새를 시시때때로 맡으며 자랐다. 사촌 누나는 가톨릭 청년회 소속으로 시위에도 많이 참가하는 이른바 운동권이었다.

나이 차이가 워낙 많았지만 자주 같이 놀았다. 주로 재미있는 노래라며 <반전반핵>이나 <5월의 노래> <임을 위한 행진곡> 같은 운동권 노래를 가르쳐주고, 따라 부르면 박수를 치며 즐거워했다. 독일 기자 위르겐 힌츠페터가 촬영한 80년 광주민주화운동 당시의 모습을 본 것도 그즈음이다. 성당에서 복사해온 비디오테이프를 온 가족이 둘러앉아 봤다. 화면 속은 아비규환이었다. 총을 멘 군인들이 시민들을 잡으러 뛰어다녔다. 사람들은 양떼가 도망치듯 뿔뿔이 흩어졌고, 그중 몇몇을 군인들이 몽둥이로 후려쳤다.

"박날나무 몽둥이야."

아버지가 말했다.

"저걸로 때리면 머리통이 터지는데 몽둥이는 금도 안 가."

군인들은 시민들을 바닥에 엎어놓은 채 그 무서운 박달나무 몽둥이로 한참을 더 때렸다. 기절을 한 것인지 죽은 것인지 축 늘어진 시민의 다리를 잡아 질질 끌어서는 트럭에 실어 날랐다. 지나간 자리엔 핏자국이 선명했다. 시종일관 군인들은 덤덤해 보였다. 파쇄기의 종이를 쓰레기봉투에 담는 회사원처럼 감흥 없는 모습이었다. 비디오를 보는 내내 누나는 전두환을 욕했다. 아버지는 창문도 없는 좁은 방에서 태연히 담배를 태웠다.

어느 날은 5·18 당시 희생자들의 사진을 모아둔 앨범을 보여주기도 했다. 눈이 있어야 할 자리에 턱이 있고, 코가 있어야 할 곳에 눈이 있는 사진들이었다. 누나 말로는 계엄군들이 때려 죽였다고 했다. 나는 가만히 사진들을 보기만 했다. 워낙 충격적이라 삼십 년이 지난 이 날까지 그 장면들을 잊지 못한다.

생각해보면 무책임한 행동이었다. 우리 가족 모두가 잡혀갈 수 있는 위험천만한 일이기도 했지만, 이름도 못 쓰는 꼬맹이에게 보여줄 만한 것이 아니었다. 아직 꼬맹이인 사촌 동생을 교육시켜 혁명의 횃불로 키워보려는 원대한 꿈이라도 있었던 걸까.

'크레이프'라는 것의 존재를 알려준 게 바로 이 누나다. 시위를 하면서 놀기도 하는 건지, 어느 날 누나는 나와 동생에게 말했다. "크레이프라는 게 있는데 먹으러 가자."

때는 노태우가 대통령이 되고 전두환이 백담사로 간 즈음이었다. 군것질이라곤 '달고나'와 '엿'뿐인 꼬맹이들이라 크레이프가 무엇인지 알 리가 없었다. "그게 뭔데?"라고 묻자, 누나는 "끝내주는 거야"라고 말하며 실실 웃었다. 잘은 모르겠지만 '저렇게나 행복한 표정을 짓다니 분명 맛있겠지'라고 생각하며 누나를 따라갔다.

우리는 버스를 타고 지하철 신림역에 내렸다. 거리는 번잡하고 사람들은 쉼 없이 오가는 통에 괜히 위축됐다. 골목에서 딱지치기나 하던 어린 우리에게 그곳은 어른의 영역이었고, 그래서 무서웠다. 크레이프가 뭔지는 모르겠지만 안 먹어도 상관없으니 돌아가고 싶었다. 하지만 누나는 단호하게 내 손을 잡고 걸었다. 얼마나 맛있기에 이런 혼란을 뚫고라도 우리에게 먹이려는 것일까. 어디선가 또 스멀스멀 최루탄 냄새가 나는 것 같았다.

그런 시절이었다. 차를 타고 어디라도 갈라치면 어김없이 시위와 마주쳤다.

"창문 닫어. 창문."

아버지의 말에 서둘러 창문을 닫지만, 머지않아 최루 가스가 차 안으로 스며들었다. 매캐한 냄새와 함께 목이 따갑고 눈이 매웠다. 어머니는 휴지를 잘라내 돌돌 말아 우리 콧구멍에 끼워 넣곤 했다. 지하철을 타도, 버스를 타도 최루 가스는 피할 수 없었다. 하지만 시위가 워낙 많으니 사람들도 익숙해져 동요하지는 않았다. 어디선가 냄새가 나기 시작하면 다들 조용히 손수건으로 코와 입을 가리기만 할 뿐 당황하는 기색은 없었다. 시내를 나오면 시위대나 전경 무리를 만나는 것 역시 흔했다. 딱 한 번 시위대와 전경 무리가 대치하고 있는 사이에 끼인 적이 있었는데 그때만 좀 당황했다. 여러모로 슬픈 시절이었다.

누나는 한 평이나 될 법한 작은 가게 앞에 멈춰 섰다. 그리고 당당한 표정으로 크레이프 두 개를 시켜 나와 동생 손에 하나씩 쥐여주었다. 난생 처음 본 크레이프는 내가 알던 현란함을 아득히 뛰어넘은 디저트였다. 알록달록한 과일 위로 하얀 생크림이 잔뜩 얹어져 있고, 그 위에 다시 초코 시럽과 딸기 시럽이 요란하게 뿌려져 있었다. 어떻게 먹어야 하는지 알 수 없었다. 애초에 먹기 좋게 만들어진 것이 아니었다. 난감해하고 있는 우리에게 누나는 "이렇게 손에 쥐고 막 먹는 거야"라고 설명해주었지만 그게 뜻대로 될 리가.

용기를 내 한 입을 먹으니 입 주변으로 잔뜩 생크림이 묻었다. 될 대로 되라는 심정으로 한 입을 더 먹으니 아뿔싸. 크레이프 옆구리가 터지고 그 사이로 바나나가 삐쭉 튀어나왔다. 이쯤 먹고 그만 돌아갔으면 좋겠는데 기대에 가득 찬 눈으로 바라보는 누나는 그럴 낌새가 보이지 않았다.

마치 "백담사 대머리 청문회 오리발 울화통 노가리 종필이 영삼 보수 대연합 지랄통" 하는 가사 완창을 기대하는 눈빛이었다. 그래서 질질 흘리며 꾸역꾸역 먹었다. 누나는 만족스러워 보였다. 그러면 된 것이다.

시간이 흘러 성인이 된 뒤 프랑스에 간 적이 있다. 그곳에서 크레이프를 먹었다. 어린 시절 먹던 것과 달리 얇은 전병에 초코크림만 바른 것을 1.5유로(한화 약 2천 원)에 팔았다. 먹기 편했던 것은 당연한 얘기다.

그 사이 광주 사태는 5·18 광주민주화운동이 되었고, 5·18 광주민주화운동 등에 대한 특별법이 생겨나 전두환과 노태우는 형식적으로나마 재판을 받았다. 이후 5·18 민주화 유공자 예우에 관한 법률이 생겨 유공자와 희생자, 그 가족과 유족에 대한 보상도 미미하게나마 이루어졌다. 나는 어린 시절 트라우마 탓인지 광주민주화운동을 주제로 논문을 제출해 졸업을 했고, 누나는 평범하게 결혼해 두 아이를 길러냈다. 불행인지 다행인지 혁명 같은 건 일어나지 않았지만, 많은 것이 되어야 할 대로 되었다. 느리더라도 올바른 자리로 돌아가고 있다. 한국에서 파는 크레이프는 여전히 현란해 그 뒤로 먹은 적이 없다.

CREPE

떡볶이

깨달음은 한 번으로 족하다

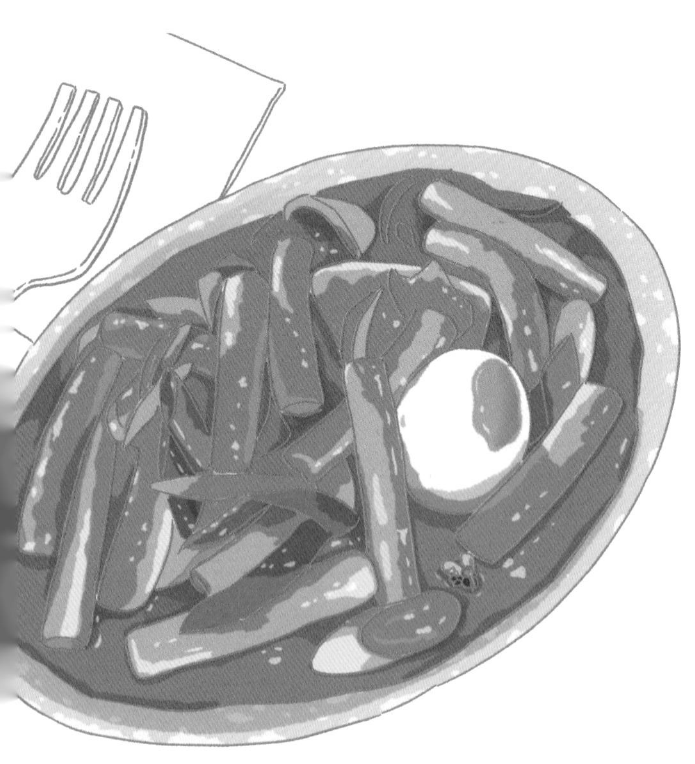

나는 떡볶이를 먹지 않는다. 떡집 아들이라, 떡이 공짜인 세상에서 나고 자랐기에 돈을 주고 떡을 사 먹는 데 거부감이 있다. 이는 부모님이 떡집을 그만둔 지 이십여 년이 지난 지금도 변치 않았다. 단지 그 이유 때문에 떡볶이를 먹지 않는 건 아니다. 슬픈 사연이 있다.

중학생 때였다. 학교 친구 셋이 집에 놀러 왔다. 우리는 '아무래도 나를 좋아하는 것 같은 누군가'라는 무익한 주제에 대해 이야기했다. 어떤 근거도 없이 누군가 나를 사랑해줄 거라 굳게 믿던 나이였다. 몸 여기저기 털이 나고 목소리도 변하기 시작한 애송이들을 누가 어여삐 봐줄까 싶지만 당시로는 굉장히 그럴듯하게 여겨졌다. 스스로 생각해도 어처구니없지만, 그 어처구니없는 일이 나에겐 벌어지고 있을 거라 믿었다.

그런 쓸데없는 이야기를 하다 보니 배가 고팠다. 집에는 팔다 남아 얼려놓은 떡들이 냉동실에 가득했으나 아무도 내켜하지 않았다. 우리 집에 놀러 올 때마다 먹다 보니 친구들도 물린 참이었다. 그래서 떡볶이를 사 먹기로 했다.

마침 옆집 간판 가게 아주머니가 부업으로 좌판을 펴놓고 떡볶이를 팔았다. 몇 번 먹어봤는데 맛이 좋았다. 당시만 해도 떡볶이를 곧잘 먹곤 했다. 아주머니는 언제나 두꺼운 안경을 쓰고 있었는데, 그날은 안경에 김까지 잔뜩 서려 뭐가 보이기는 하는지 의구심이 들 정도였다. 아주머니는 친구들과 함께 먹을 거라 하니 평소보다 배로 많이 담아주며 "맛있게 먹어"라고 말했다.

우리는 희희낙락하며 둘러앉아 떡볶이를 먹기 시작했다. 친구들은 떡볶이 맛에 감탄했다. 형이 숨겨둔 에로 영화 비디오를 귀신같이 찾아내 종종 시사회를 열던 친구는 "최근 먹어본 것 중 최고다"라고 말했다. 그는 이름은 밝힐 수 없지만 반에서 키가 큰 아이 중 하나가 자신을 좋아하고 있을 것이라 말했다.

하얀 피부에 곱상하게 생긴 친구는 "그러게, 어묵도 많이 들었네" 하며 동의했다. 그 역시 이름은 말할 수 없으나 제법 공부를 잘하는 아이가 자신을 좋아하는 낌새라 말했다.

머리가 심각한 직모라 늘 고슴도치를 머리에 이고 다니는 듯했던 친구는 한 술 더 떠 숟가락을 가져와 국물을 떠먹기 시작했다. 그 또한 꽤나 예쁘장한 아이가 자신을 좋아하는 것 같다 말했는데, 키가 크며 공부를 잘하고 예쁜 아이는 동일 인물이라는 걸 나는 알고 있었다.

셋 모두 같은 아이가 자신을 좋아할 거라 생각하던 것이다. 아니, 그 아이가 자신을 좋아했으면 하고 바라던 거겠지. 친구들은 착각에 빠진 채 숟가락을 들고 경쟁적으로 떡볶이 국물을 떠먹었다. 그 모습을 보고 있자니 웃음이 나왔다. 어리석게도 키가 크며 공부를 잘하고 예쁜 그 아이가 나를 좋아하고 있다는 건 짐작도 못하다니.

그때였다. 고슴도치 머리의 친구가 말했다.

"이건 뭐지? 콩인가?"

친구들은 수저질을 멈추었다.

"떡볶이에 콩이 왜 들어가냐?"

"아냐, 봐봐."

친구는 숟가락으로 콩 같은 검은 덩어리를 건져냈다. 정말 콩처럼 보였다. '맛의 비법이 콩인가?' 하는 생각이 아주 잠깐 들었다. 하지만 그렇다면 왜 콩이 딱 하나만 들어 있을까? 의문은 금세 풀렸다. 간단했다. 그것은 콩이 아니었기 때문이다.

"파리네."

파리였다. 그리고 찾아온 잠시 동안의 침묵. 우리는 모두 숟가락 위에 올려진 양념된 파리를 바라보고만 있었다. 이렇게 두꺼워도 되나 싶을 정도로 두꺼운 안경을 쓴 아주머니의 얼굴이 떠올랐다. 하얗게 서려 있던 김 때문에 눈동자도 보이지 않던 안경. 그래서 떡볶이 통에 빠진 파리를 발견하지 못했겠지. 잠시 후, 친구는 천천히 숟가락을 움직여 파리를 그릇 밖으로 덜어냈다. 그러더니 "어차피 몰랐을 때는 맛있게 먹었잖아"라며 다시 떡볶이 국물을 퍼먹기 시작했다.

그 의연한 모습에 '원효대사가 밤새 해골 물을 퍼먹고 나서야 깨달은 경지를 이렇게 깨치는구나' 하는 생각이 절로 들었다. 이어 다른 친구들도 하나 둘 동참했고, 결국 우리는 남김없이 싹싹 긁어먹었다. 양념에 절여진 파리만이 상 한 켠에 쓸쓸히 남았을 뿐이다.

그 뒤로 그곳에서 다시 떡볶이를 먹은 적은 없다.

깨달음은 한 번으로 족했다. 얼마 지나지 않아 우리 모두가 좋아했던 여자아이는 한 남자아이와 사귀기 시작했는데, 여자

아이와 마찬가지로 키가 크고 공부를 잘하며 잘생긴 친구였다. 우리는 아무도 슬퍼하지 않았다. 그렇게 될 거란 사실을 모두 오래전부터 알고 있었다. 일어날 일이 일어났을 뿐이다.

쌍화탕

관성의 법칙과 가속도의 법칙

일곱 살인가 됐을 어느 날, 몸살로 앓아누운 어머니가 쌍화탕 심부름을 시켰다. 우리는 재래시장 뒤편 골목에 살고 있었고, 약국은 시장을 가로질러 반대편에 있었다. 꼬맹이 걸음으로 걸어도 5분이 채 안 되는 거리라 종종 심부름을 가곤 했던 곳이다.

천 원을 손에 쥐고 시장을 가로지르는 모험이 시작됐다. 가장 먼저 나타나는 것은 기름집이다. 하루 종일 깨를 볶고 기름을 짜는 곳이라 언제나 고소한 냄새가 풍겼다. 바로 옆에는 순댓국밥이나 껍데기볶음 같은 것을 파는 '돼지집'이라는 노점이다. 그곳엔 대낮에도 순댓국에 소주를 마시는 사람들이 늘 있었는데, 간혹 내게 담배 심부름을 시키곤 했다. 그곳을 지나면 가게 벽면을 온갖 신발로 진열해둔 신발 가게가 나타난다. 어머니는 언제나 그곳에서 나와 동생의 신발을 사줬는데 가격은 당시로서도 싼 천 원, 이천 원이었다. 당연히 디자인이나 품질도 딱 그 수준이라 불이 들어오거나 멋진 캐릭터가 그려진 친구들의 신발과 비교가 되어 좋아하지 않았다. 그러다 한 번은 "나는 이거 싫다고!" 하며 천 원짜리 운동화를 바닥에 패대기치고 냅다 울어버린 적이 있는데, 이날 이때까지 후회하는 일 중 하나다. 어쨌든 그 신발 가게를 지나 장판 가게와 이불 가게를 건너 수입 용품점 앞에서 잠시 멈췄다.

그곳 진열장엔 신기한 라이터가 있었다. 금발 미녀의 사진이 인쇄된 그 라이터는, 보는 각도를 살짝 달리하면 미녀가 입고 있던 옷이 스르르 벗겨졌다. 뭐가 뭔지 모르면서도 주인 아주머니가 다른 곳을 보고 있는 것 같으면 안 보는 척 몇 번이고 각도를 달리하며 슬쩍슬쩍 훔쳐보곤 했다. 비밀스럽고 부끄러운 과거다.

한참의 시간을 허비한 뒤에야 약국에 도착해 쌍화탕을 하나 샀다. 뜨끈한 쌍화탕을 비닐봉지에 담아준 약사는 말없이 남은 돈을 거슬러줬다. 잔돈 중엔 10원짜리가 몇 개 있었다. 순간 그 중 20원으로 풍선껌을 사 먹어도 어머니는 눈치채지 못할 거란 판단이 선 나는 바로 옆 구멍가게에서 20원을 주고 풍선껌을 하나 샀다.

입 한가득 풍선껌을 우물거리며 신나게 온 길을 되돌아오기 시작했다. 손에는 쌍화탕이 담긴 봉지를 든 채였다. 그때 문득 봉지를 풍차처럼 돌려보고 싶어졌다. 이유는 모르지만 봉지를 빙빙 돌려도 쌍화탕이 떨어지지 않을 거란 확신이 들었다. 관성의 법칙을 스스로 깨우치기라도 한 것일까. 확신이 들면 시험해 보고 싶어진다. 나는 탐구심이 뛰어난 아이였다. 애석하게도 실행력마저 뛰어났다. 다음 순간, 나는 망설이지 않고 쌍화탕이 든 봉지를 힘차게 돌렸다.

퍽–.

채 한 바퀴를 돌리지 못했는데 봉지를 빠져나온 쌍화탕이 바닥에 부딪혀 산산조각 났다. 마침 수입용품점 앞이었다. 텔레비전을 보고 있던 주인 아주머니는 빈 봉지를 든 채 껌을 씹으며 우두커니 서 있는 나를 바라보고 있었다. '오가며 만날 라이터 훔쳐보던 싹수가 노란 녀석이 갑자기 무슨 짓이지' 하는 눈빛이었다. 혼내지는 않았다. 대신 "아가, 왜 갑자기 그랬어?" 하고는 깨진 유리병 조각을 치우고 대걸레로 바닥을 훔쳤다. 나는 쌍화탕을 깨버린 충격에 별다른 대답도 못하고 우물쭈물하다 자리를 벗어나 집으로 향했다. 여전히 질겅질겅 껌을 씹고 있었다. 아직 단물이 빠지지 않은 때였다.

"아니, 왜 봉지를 돌려?"

자리에 누워 끙끙 앓던 어머니도 똑같은 질문을 했다. '관성의 법칙을 깨달아서'라고 말하지는 못했다. 관성이라는 말 자체를 몰랐지만, 떨어지는 쌍화탕을 보며 만유인력을 깨달았다고 해도 좋은 소리는 듣지 못할 것이란 걸 직감했다. 나는 그저 풍선껌을 혀 뒤로 숨긴 채 가만히 발끝만을 바라보고 있었다. 다행히 어머니는 풍선껌에 대해 눈치채지 못한 것 같았다.

다시 심부름을 가야 했다. 집을 나서려는 내게 어머니는 "절대로 돌리지 말고 얌전히 와"라고 신신당부했다. 나는 알겠노라고 고개를 끄덕였다. 시장을 가로질러 약국으로 향하면서 다짐했다. 그런 어리석은 짓은 다시는 하지 않겠다고. 그 증거로 비밀스러운 라이터가 있는 수입용품점 앞도 무심하게 지나쳤다. 연달아 쌍화탕을 사러온 내게 약사는 아무것도 묻지 않았다. 아까같이 쌍화탕이 담긴 봉지와 잔돈을 돌려주었을 뿐이다. 단호히 잔돈을 주머니에 넣고 봉지를 든 나는 신중한 걸음으로 약국을 나서 집으로 향했고, 다시 수입용품점 앞을 지나치는데 불현듯 놀라운 사실을 깨달았다.

'아까는 관성이 적용되기 위한 충분한 속도를 내지 못했던 게 분명해!'

아뿔싸. 가속도의 개념까지 깨달아버리고 말았다. 깨달은 이상 실행하지 않을 도리가 없다. 결국 나는 다시 봉지를 돌렸고, 보란 듯이 쌍화탕 한 병을 또 깨버렸다. 정확히 같은 지점에서 같은 실수를 반복한 것이다. 그 광경을 지켜본 수입용품점 아주머니는 가게 밖으로 나와 “너 자꾸 왜 그러니?” 하고 물었으나 역시나 별다른 대답을 하지 못했다.

집에 돌아와 이 믿기지 않는 사실을 전하니 어머니는 물었다.

“도대체 왜?”

모른다. 관성과 가속도를 배운 것은 칠팔년 뒤의 일이다. 알았다고 해도 의미 없다. 관성의 법칙은 이미 17세기에 갈릴레오 갈릴레이가 완성했고, 가속도의 법칙 역시 비슷한 시기에 아이작 뉴턴이 증명했다. 삼백 년이나 늦은 깨달음인 셈이다. 결국 어머니는 아픈 몸을 이끌고 직접 약국을 가야만 했다. 껌의 단물은 이미 다 빠진 지 오래이지만 뱉지는 않았다. 이유는 단물이 빠져 딱딱해졌을 때 풍선이 더 잘 불어진다는 걸 알고 있었기 때문인데, 그게 무슨 법칙인지는 여태 모르겠다.

팬케이크

하늘이 내려준 재능

내 동생은 팬케이크를 잘 만든다. 신기할 정도다. 재료가 특별한 것도 아니다. 시중에서 파는 팬케이크 '믹스'를 이용해 반죽을 만들고, 평범한 프라이팬에 구워낼 뿐인데 이해가 안 갈 정도로 모양이 예쁘다. 반죽 표면으로 기포가 생기지 않고, 어느 한 면의 색이 더 짙게 구워지지도 않는다. 당연히 태우는 법은 없다. 맛이야 재료가 같으니 별반 다를 게 없지만, 씹히는 질감은 확연히 다르다. 팬케이크 장인이다.

언제부터 시작했는지는 모르지만, 동생은 이십여 년 전에도 팬케이크를 만들고 있었다. 나는 그 모습을 바라만 보았다. 동생은 울면서 반죽을 만들었다. 방금 전에 내가 때렸기 때문이다. 이유는 언제나 그렇듯 대수롭지 않았을 것이다.

나는 동생에게 태어날 때부터 원죄 같은 형이었다. 그래서 동생은 울고 있었다. 우는 동생을 달래기 위해 어머니는 팬케이크 가루를 주었다. 눈물이 그렁그렁하게 맺힌 동생은 여전히 찔끔찔끔 울며 바가지 안의 반죽을 저었다. 나는 사과하지 않았다. 동생 잘못도 있다고 굳게 믿었다. 마음 같아선 내 방에 들어가 화를 삭이고 싶지만, 좁은 골방 하나에서 살던 때라 달리 갈 곳도 없었다. 그래서 동생의 모습을 바라만 보고 있었다.

동생은 때때로 눈물을 닦으며 반죽을 저었다. 울면서도 그 과정에 정성을 다했다. 어쩌면 몇 방울인가 눈물이 들어갔을 수도 있다. 그것이 비결일까. 에밀레종과 비슷한 원리일지도 모르겠다. 잠시 뒤 어머니가 휴대용 버너와 프라이팬을 가져다주었다. 동생은 반죽을 한 국자 떠 달구어진 프라이팬 위에 살살 펼쳤다. 이내 향긋한 냄새가 좁은 방 안에 가득 찼다. 동생은 화로 앞에 앉은 도자기 장인처럼 그 모습을 바라만 보았다. 섣불리 뒤집개를 가져다 대며 익었나, 안 익었나 확인하지 않았다. 다섯 살짜리라고는 믿겨지지 않는 인내심을 가지고 자리에 앉은 채 미동도 하지 않았다.

이윽고 때가 되었다 싶은지, 한 손에 든 뒤집개로 능숙하게 팬케이크를 뒤집었다. 탁 하고 드러나는 팬케이크의 모습은 포장 상자에 찍힌 사진과 똑같았다. 나는 속으로 감탄했다.

'훌륭하다! 하늘이 내려준 재능일지도….'

소리 내 말하진 않았다. 아무래도 애매한 상황이니까.

다시 얼마 뒤 반대쪽 면도 다 익으면 동생은 완성된 팬케이크를 접시에 담고 다시 반죽을 한 국자 퍼 프라이팬에 펼쳤다. 내내 말없이 진행되는 그 과정은 엄숙한 종묘제례를 떠오르게 했다. 얼마의 시간이 지나지 않아 접시 위로 팬케이크가 수북하게 쌓였다.

완성된 것은 나눠 먹었다. 나와 달리 동생은 마음씨가 곱다. 아무리 치고받고 싸웠어도 나눠줄 것은 나눠준다. 어차피 다 먹지 못해 나눠준 것일지도 모르지만, 나라면 남길지언정 나누어주진 않았을 것이다. 아니, 애당초 나누어 먹을 만큼을 만들지도 않았겠지.

각자 접시에 담긴 팬케이크를 안고 텔레비전을 보며 먹었다. 그쯤 되면 아까의 싸움도 어느 정도 잊혀 모르는 척 이야기를 주고받았다.

"메칸더는 원자력 에너지로 힘이 솟는데 원자력이 뭔지 알아?"

"모르는데. 형은 알아?"

"모르지."

이런 별 의미 없는 대화들.

그 와중에 몇 번인가 "아까는 미안해"라고 말하려고 했지만 말하지 못했다. 타이밍을 놓쳐버렸다. 애매하게 시간이 흐르는 사이 미안함도 애매해져 버린 것이다. 게다가 뜬금없이 "미안해"라고 말한들, 팬케이크를 얻어먹었기 때문에 하는 소리 같아 신빙성도 떨어질 테니. 생각하면 할수록 여러모로 부족한 형이었다. 지금이라고 별반 다를 건 없지만.

땅콩버터

아버지의 오해

“큰아빠 집에 가서 살래?”

어느 날, 아버지가 물었다. 예닐곱 살쯤이었다.

“돼지고기도 매일 먹고, 새 옷에 컴퓨터도 사줄 거야.”

“컴퓨터?”

“응. 컴퓨터.”

경찰관인 큰아버지는 큰어머니와 누나 셋과 함께 살고 있었다. 우리 집은 아들만 둘이니 양자로 가라는 얘기였다. 아버지 혼자만의 생각인지, 큰아버지와 논의가 된 것인지는 모른다.

“네 방도 생길 거야.”

아버지의 말에 나는 “내 방에서 컴퓨터…” 하고 중얼거렸던 것 같다.

큰아버지 댁은 마당이 딸린 이층 단독주택이었다. 누나들은 모두 각자의 방이 있었고, 그러고도 안 쓰는 방이 남아 있었다. 마당엔 커다란 진돗개가 살았으며 차고까지 딸려 있는 멋진 곳이었다. 우리 네 가족은 그 마당의 반의반만 한, 창문도 없는 골방에 세 들어 살고 있었다.

“땅콩버터도?”

큰집엔 언제나 땅콩버터가 있었다. 숟가락으로 떠먹어도 혼내지 않았다. 입안 가득 퍼지는 꾸덕꾸덕한 고소함이 좋았다. 우리 집엔 땅콩버터는커녕 그냥 버터도 없어 마가린에 밥을 비벼 간장을 뿌려 먹는 것이 다였던 때라 더욱 그랬다.

"응. 땅콩버터도. 마음대로 먹을 수 있어."

아버지는 큰아버지를 오래도록 미워했다. 할아버지가 일찍 돌아가셔서 아버지 대신이었던 형이 뒷바라지를 해주지 않았다며 원망했다. 그래서 좋은 대학을 가지 못했고, 제대로 직장을 얻지 못했으며, 때문에 가난한 삶을 살게 되었다고 여겼다. 터무니없는 생각이고, 스스로도 '어리석었다'고 회상했지만 그랬다. 혼자 마음속으로 의절한 채 오래도록 교류 없이 지낸 것은 그런 이유다. 다시 큰집을 오가게 된 건 내가 태어난 뒤라고 어머니를 통해 들었다. 하지만 여전히 형제는 서먹해 웃으며 대화를 나누거나 하진 않았다.

큰아버지는 우리 형제를 언제나 반겼다. 내색하지는 않았지만 퇴근길에 비닐봉투 가득 아이스크림이나 과자 같은 것을 사 들고 왔다. 반찬으론 늘 갈비가 나왔다. 갈비는 아무리 먹어도 줄어들지 않아 언제나 우리는 밥을 두 공기씩 먹었다. 배가 터지게 밥을 먹고, 아이스크림을 까먹으며 큰누나 방에서 피아노를 치고 있으면 큰아버지는 거실 소파에 앉아 그 모습을 바라보지 않는 척 바라보았다. 항상 그랬다. 내가 텔레비전을 보거나, 밥을 먹을 때, 큰누나 방에 들어가 피아노를 치거나 책을 보는 동안 큰아버지는 거실 소파에 앉아 그 모습을 보지 않는 척 보고 있었다. 특별한 말을 하진 않았다. 간혹 텔레비전을 보기 위해 옆에 앉아 있노라면 말없이 머리를 쓰다듬을 뿐이었다.

"큰아빠는 아들이 없어서 너희가 보고 싶은 거야"라고 아버지는 종종 말했다. 어린 나이였지만, 그 이야기를 하는 아버지가 내심 우쭐한 것처럼 보였다. 그토록 미워하던 형이 가지지 못한 것을 둘이나 갖고 있음에(실제 형이 그것을 원했는지 어땠는지와 상관없이) 혼자 흡족해하는 것 같았다. 나를 큰집에 양자로 보내려던 생각 역시 그런 맥락에서였을 것이다.

"집에도 올 수 있고?"

나는 가는 쪽으로 살짝 마음이 기울었다.

"언제든 올 수 있지. 어때? 큰아빠 네서 살 거야?"

나는 답했다.

"그러지, 뭐."

워낙 어렸기에 별 생각은 없었다. 그저 땅콩버터를 마음껏 먹을 수 있다니, 나쁘지 않다 싶었다. 하지만 어머니가 반대해 양자로 가진 않았다. 내심 아쉽기도 했다. 가끔 내 방에서 새 옷을 입고 땅콩버터를 먹으며 컴퓨터 게임을 하는 삶에 대해 상상하곤 했다.

시간이 흘러 큰아버지가 임종을 맞이하던 날, 우리는 병원에 있었다. 추석에 먹은 떡이 소화가 안 돼 찾은 병원에서 위암 말기를 선고받았다. 결국 큰아버지는 집으로 돌아가지 못하고 병상에서 숨을 거두었다. 소처럼 눈이 커다랗던 큰아버지는 마지막 순간 더욱 눈을 크게 뜨고 병상을 둘러싼 가족들을 천천히 둘러보았다.

"경찰대는 갈 수 있겠니?"

문병을 갔을 때 큰아버지가 물었었다. 평생 경찰관이었던 큰아버지는 나도 경찰관이 되길 바랐으나, 내 점수는 경찰대는 커녕 대학을 갈 수준도 안 되었다.

"경찰대는 힘들 것 같아요."

나는 거짓말을 했다. 큰아버지를 실망시키고 싶지 않았다.

암이 간으로 전이돼 황달로 온몸이 노래진 큰아버지는 안타까운 목소리로 말했다.

"조금만 더 하지 그랬어."

큰아버지와 눈이 마주친 순간 죄송하다고, 거짓말을 했다고 말하고 싶었다. 하지만 입이 떨어지지 않았다. 큰아버지의 시선은 나를 지나쳐 다른 가족들을 한 명씩 바라보고는 이내 조용히 감겼다. 그 순간 갑자기 짐승이 울부짖는 소리가 들렸다. 아버지였다. 아버지는 병실 벽에 고개를 대고 서서 비명을 지르듯 울었다. 아버지의 그런 모습은 그전에도, 그 이후로도 보지 못했다.

"아직 화해를 못했는데"라며 아버지는 아쉬워했다.

하지만 순전히 아버지의 오해로, 혼자 미워하고 있었을 뿐 큰아버지는 아버지를 용서한 지 이미 오래였다. 아니, 애초에 미워한 적이 없었다.

아버지는 내내 몰랐지만 나는 알고 있었다.

긴 시간 큰아버지가 물기 어린 눈으로 바라보고 있던 것은, 때때로 손을 들어 어색하게 쓰다듬던 것은, 다 먹지도 못할 아이스크림을 잔뜩 사들고 맞이한 것은, 더 먹으라며 밥 위에 갈비를 얹어주던 것은 내가 아니었다. 당신이 가지지 못한 아들이 아니었다.

그건 어린 시절 바라는 대로 도와주지 못했던, 그래서 오래도록 형을 원망하며 살아왔던, 끝내 웃으며 마주하지 못했던 막냇동생이었다는 것을 나는 아주 오래전부터 알고 있었다.

번데기

침묵의 길, 욕망의 냄새

초등학교 1학년 때 피아노 학원을 다녔다. 또래 남자 아이들은 보통 주산 학원이나 속셈 학원을 다녔지만 나는 피아노를 배웠다. 집에 피아노가 없는데도 그랬다. 어머니의 바람이었다. 한 평이 좀 넘는 방바닥을 걸레로 훔치는 어머니를 보며 '어차피 엄마는 내가 피아노 치는 걸 듣지 못할 텐데' 하고 생각했다. 어쩌면 어머니는 언젠가 피아노를 둘 정도의 넓은 집으로 이사해 내가 피아노를 연주하는 것을 소파에 앉아 흐뭇하게 바라보는 미래를 꿈꿨던 것일지 모른다. 매주 주택복권을 사 추첨 방송을 보던 것도 그런 이유였을 것이다. 언제나 꽝이었고, 그때마다 어머니는 "에이. 또 안 됐네" 하며 아쉬워했다.

악보 보는 법과 피아노 치는 것을 배우는 건 딱히 어렵지 않았다. 딩동 딩동 울리는 소리가 듣기 좋아 열심히 피아노를 쳤다. 하지만 말했듯 우리 집엔 피아노가 없어 학원에서 돌아오면 방에 앉아 음악 교과서 뒤표지에 그려진 피아노 건반 그림을 누르며 연습을 했다. 멜로디언으로 연습하는 것보다 그 편을 좋아했는데, 마음속으로 피아노의 딩동거리는 소리를 떠올릴 수 있었기 때문이다. 진짜 피아노를 쳐볼 수 있던 건 피아노가 있는 큰아버지 댁에 놀러 갈 때뿐이었다. 어머니는 큰집에 가면 나를 피아노 앞에 앉혀두고 무엇인가를 쳐보게 했다. 어린 내가 더듬더듬 연주를 하면, 어머니는 뒤에 서서 한참을 들었다. 어머니가 내 연주를 들을 수 있던 건 오로지 그때뿐이었다.

학원에 가야 할 시간이 되면 선생님이 집까지 찾아왔다. 학원은 걸어서 5분이 채 걸리지 않았다. 그러나 찻길을 하나 건너야 했는데 그 전 해 부활절에 그 길에서 교통사고를 당했다. 그 일로 어머니에게 트라우마가 남았다. 어머니는 원장님에게 등록을 하면 매일 데리러 와줄 수 있느냐 문의했고, 덕분에 애꿎은 선생님이 매번 나를 데리러 와야만 했다.

등원을 도와주는 선생님은 긴 머리에 좋은 향기가 나고, 말이 없는 분이었다. 정말이지 말이 없었다. 오래된 일이라 기억 자체가 흐릿하지만 무언가 이야기를 나눈 기억이 전혀 없다. 나 같아도 매번 데리러 와야 하는 번거로움에 말을 섞고 싶지 않았을 것이다. 학원 갈 시간이 되어 선생님이 방앗간 문을 열고 가볍게 목례를 하면, 내가 다가가 그의 손을 잡았다. 그리고 침묵을 유지하며 길을 걸었다. 교통사고가 났었던 문제의 찻길도 조용히 건넜다. 이윽고 학원 입구에 있던 번데기를 파는 노점을 지날 때까지 선생님은 단 한마디도 하지 않았다. 나도 아무 말도 하지 못했다. 말을 하면 지는 게임을 하는 것만 같았다. 게임의 끝을 알리는 것은 번데기 노점에서 풍겨오는 번데기 냄새였다.

번데기는 미지의 음식이었다. 슬쩍 곁눈질로 보면 영락없는 벌레로 만든 죽이었다. '맛있을까?'라는 생각 이전에 '음식인가?' 하는 의문이 먼저 들었다. 냄새를 맡으면 혼란이 더해졌다. 여덟 살 인생에 처음 맡는 것으로, 이전에 맡아본 적 없는 고소한 냄새였다. 단지 벌레를 삶는 냄새인데 그런 감정을 느끼는 것에 금기를 목격한 것만 같아 가슴이 두근거리고, 나아가 금기를 어기고 싶은 충동까지 생겼다.

허나 쉽사리 행동으로 옮기지는 못했다. 여전히 선생님의 손을 잡고 있었고, 선생님에게서 나는 좋은 향기가 나를 옭아맸다. 원초적 욕망을 자극하는 번데기 냄새와 이성을 다잡게 하는 선생님의 향기 사이에서 나는 갈팡질팡하기만 했다.

그러던 어느 날, 선생님 손을 잡고 묵묵히 학원으로 향하던 길 선생님이 공중전화기 앞에서 걸음을 멈추더니 내게 말했다.

"잠깐만 기다리고 있어."

그러고는 잡고 있던 손을 놓은 뒤, 어디론가 전화를 걸었다. 누구에게 거는 것인지, 무슨 이야기를 하는지는 알 수 없었다. 선생님은 내게 등을 돌린 채 들리지 않는 소리로 상대와 대화를 나눴다. 아니, 주로 듣기만 해 대화라고 하기도 뭐했다. 전화 통화를 할 때조차 선생님은 말이 없었다.

나는 그 모습을 내내 바라보았다. 안 좋은 일이라도 있는지 선생님은 조금 슬퍼 보였다. 이윽고 통화가 끝난 뒤, 선생님은 "가자"라고 말하며 내 손을 잡았다. 당연히 무슨 일인지 말해주지 않았다. 나도 묻지 못했다. 번데기 노점을 지나 학원에 도착할 때까지 우리는 말없이 그저 걷기만 했다. 유독 길게만 느껴진 길이었다.

얼마 뒤 선생님은 학원을 그만두었다. 분명 그날 무슨 일이 있던 것이다. 원장님은 새로운 선생님을 붙여주지 못했고 결국 나는 혼자 학원을 오가게 됐다. 어머니는 매번 집을 나서는 내게 "길 조심해"라고 말했지만, 다행히 아무 일도 없었다. 언제나 둘이 걷던 길을 혼자 걷는 것만이 좀 어색할 뿐.

얼마 되지 않아 번데기를 사 먹었다. 더 이상 내 손을 잡아주던 선생님은 없었다. 그즈음에는 선생님은 완전히 잊은 채였다. 번데기 맛은 그저 그래서 다소 실망스러웠다. 그래서는 아니지만, 피아노 학원을 그만뒀다. 아마 다른 아이들처럼 속셈 학원이나 컴퓨터 학원을 다니기 위해서였을 것이다. 하지만 피아노를 치는 것만큼 즐겁지는 않았다.

그 뒤로도 큰아버지 댁에 가면 어머니는 나를 피아노 앞에 앉혀놓고 뭐든 쳐보길 바랐다. 하지만 칠 수 있는 곡은 점점 줄어들었고, 어느 날부턴 <에델바이스> 외에는 칠 수가 없게 되어버렸다. 그래도 어머니는 늘 피아노를 쳐보라고 했다. 내가 "이젠 <에델바이스>밖에 기억이 안 나"라고 말하면, 어머니는 "그거라도 쳐봐"라고 했다.

서울에서 중·고등학교를 다녔던 아버지와 달리 어머니는 시골에서 초등학교 이후론 교육을 받지 못했다. "계집년이 배워서 뭐하냐"는 것이 외할아버지의 뜻이었단다. 그러고는 주욱 살던 마을에서만 자랐다. 어머니와 아버지는 초등학교 동창이었고, 아버지는 서울을 오가며 어머니와 연애를 한 끝에 결혼했다. 그리고 독산동 언덕 어딘가에서 과일 노점상을 하며 신혼을 시작했다

그러다 나를 임신했을 때 작은 과일 가게로 확장했다. 이 년

뒤, 동생을 낳으며 방앗간으로 전업했다. 하루 종일 쌀 빻는 소리, 떡 찌는 소리로 시끄러운 생활의 연속이었다. 넓은 거실에서 자식이 피아노를 치는 모습을 바라보며 휴식을 갖는 삶은 좀체 가까워지질 않았다. 그래도 어머니는 피아노가 있는 곳이면 어디서든 나를 그 앞에 앉혀놓고 무엇이든 쳐보라고 하셨다. 이미 악보 보는 법도 잊었는데.

회사를 들어와 내가 처음으로 산 것은 전자피아노였다. 크기가 작아 방 한 구석에 놓을 수 있었고, 진짜 피아노와 비교할 수 없이 쌌다. 소리는 그럭저럭이지만 꽤 만족스러웠다. 퇴근 후 집에 들어오면 전자피아노 앞에 앉아 이어폰을 연결해놓고 피아노를 쳤다. 술에 취하고 들어온 날이건, 야근을 하고 들어온 날이건 조금씩이라도 쳐보려고 노력했다.

당연하지만, 어떻게 치는지 기억나지 않았다. '성인을 위한 피아노' 같은 교재를 몇 권 사서 시간이 날 때마다 쳐봤지만 그마저도 오래가지 않았다. 회사 생활은 생각보다 피곤했고, 시간이 없었다. 얼마 지나지 않아 피아노 연습을 그만두었다. 하지만 어머니는 늘 마른 걸레로 전자피아노의 건반을 반짝거리게 닦아놓았다. 어서, 쳐보라는 듯이.

시간이 흘러 회사도 그만두고 더 이상 야근을 하지 않는 삶을 살고 있어 가끔 피아노를 쳐보지만, 나이를 먹어서인지, 재능이 없어서인지, 게을러서인지 실력은 여전히 지지부진하다. 그래도 <에델바이스>만큼은 제법 칠 수 있게 되었다.

포기하지만 않고 조금씩 치다 보면, 볕이 드는 마루에서 어머니가 지켜보는 가운데 진짜 피아노를 쳐드릴 날이 언젠가 오겠지. 어머니가 아주 오래전부터 바라왔을 그런 미래가. 언젠가 오겠지.

스콜

그날 하늘은 정말 맑았을까

내가 다니던 고등학교는 매우 자유분방했다. 우선 0교시가 없었다. 덕분에 초등학생들과 같이 등교를 했다. 야간 자율 학습도 없었다. 중학생들과 같이 하교했다. 당시로는 드문 두발 자유 학교여서 헤어 무스(그리운 이름)를 바르거나 염색을 하는 학생이 적지 않았다. 오토바이를 타고 등교해 학교 앞 골목에 세워두는 친구들도 더러 있었고, 일 년에 한두 번 선생님과 학생 간의 폭행 사건이 벌어졌다. 졸업하기 전엔 뭔가에 분노한 학생이 한 개 층의 창문 유리를 모조리 깨버리기도 했다. 그래서였겠지만 악명이 높았다. 학부모는 물론이거니와 학생들도 기피했다. 이 학교로 배정받고는 '망했다!'며 우는 학생이 있었다는 소문도 돌았다.

"부는 세습되는 거야."

고등학교 입학 첫날. 담임 선생님은 말했다. 입학식용인 듯한 정장을 입고 숏커트를 한 채 큰 귀걸이를 달고 있던 모습이 생각난다. 립스틱으로 빨갛게 입술을 칠한 선생님은 환하게 웃고 있었다.

“지금 생각에는 대충 살아도 성공하고 좋은 대학에 안 가도 잘 살 거 같지? 천만의 말씀. 너희 부모님 사는 모습이 곧 너희 미래야. 그게 재밌어 보이냐? 행복해 보여? 만족하고 사시는 것 같아? 명심해. 담배 피고 술 마시고 연애하고 시시덕거리면서 고등학교 시절을 보내면 절대로, 절대로 부모님보다 잘 살 수 없어. 지금 강남에 있는 애들은 어떤 줄 아니? 벌써 수능 준비 다 끝내고 사시 공부하는 애가 있어. 아빠가 검사야. 병원장 아들인 애는 한국에 없어. 초·중·고 미국에서 공부하고 미국 의대를 갈 거니까. 한국에는 방학에만 들어와. 그것보다 더 부자인 애들은? 걔넨 그냥 살아만 있어도 부자로 죽을 거야. 하지만 너희는 아니야. 평생을 개미처럼 일해도 언제나 빚에 허덕이고, 그저 내일은 어떻게 버티나 생각하는 매일이 계속될 거야. 반드시 그런 건 아니지만 그럴 확률이 아주 높아.”

교실 안은 순식간에 정적으로 가득 찼다. 생글생글 웃고 있는 선생님의 표정을 보고 농담인가 싶었다.

“농담이 아니야.”

친절하게도 선생님은 오해의 소지를 없애기 위해 덧붙였다.

잘사는 동네는 아니었다. 연말연시 불우이웃 돕기 방송에서 연예인들이 연탄을 나르는 동네로 종종 등장했다. 그곳 한 귀퉁이에서 부모님은 작은 방앗간을 운영했는데 형편이 좋지는 않았다. 친구들도 대부분 마찬가지였다. 지하에 사는 친구가 많았다. 그렇지 않은 친구들은 깎은 듯한 언덕에 살곤 했다. 놀러 간 친구 집에서 대낮부터 술에 취해 잠든 친구의 아버지를 보는 일은 흔했으며, 어머니가 부부싸움을 하고 가출해 언제나 쉰내 나는 교복을 입고 다니는 친구도 있었다. 내가 보는 앞에서 양친을 두들겨 패는 친구도 있었고, 역시 마찬가지로 자식의 친구가 보는 앞에서 자식을 두들겨 패는 부모도 있었다. 패싸움으로 경찰서에 하도 끌려가 이제는 형사들도 웃으며 인사한다는 친구도 있었지만 놀랍지는 않았다. 도리어 아파트에 살며, 자기 방이 있고, 부모님이 상냥한 친구 집에 갔을 때가 더 충격적이었다.

"그러니까 정신 차리고 공부해. 이 동네를 벗어나는 방법은 그것밖에 없어."

선생님은 싱긋 웃으며 말했다. 우리는 아무도 웃지 못했다. 저마다 자신의 미래를 떠올리고 있었을 것이다. 머릿속엔 신학기의 흥분은 사라지고 미래에 대한 공포가 자리 잡았다. 얼마나 무서웠던지 나조차도 공부를 해야겠다고 다짐했다. 마침 근처에 살고 있던 매형이 학원 강사여서 몇날 며칠 과외를 받기도 했다. 그러고도 며칠을 밤을 새워 공부해 본 1학기 중간고사.

15점.

첫 과목인 수학 시험이 끝나고 쉬는 시간 친구들끼리 답을 맞춰봤다. 뭔가 잘못된 건가 싶어 몇 번을 채점해봤지만 변함없이 15점이었다. 한 문제에 5점씩이니 총 3문제를 맞춘 것이다.

'문제가 어려웠나?'

그렇다면 다른 애들도 점수가 낮아야 했다. 하지만 다른 애들은 문제가 없었다. 이상한 일이다 싶어 생각에 빠져 있는데, 뒷자리에 앉은 농구부 학생이 소리쳤다.

"아싸! 찍어서 25점이다!!!"

그날부로 공부를 놔버렸다. 애당초 잡은 기간도 얼마 되지 않았지만.

고등학교 2학년 무렵, 나는 쉬는 시간과 점심 시간을 빼놓고는 깨어 있는 시간이 얼마 되지 않았다. 선생님들은 내가 자거나 말거나 신경 쓰지 않았다. 자는 건 나뿐만이 아니었기 때문에 포기한 것이다.

수업 끝나는 종이 울려 깨어나면 복도에 의자를 끌어다놓고 앉아 있곤 했다. 하늘을 보기 위해서였다. 마침 교실이 남향이라 복도에 앉으면 환한 볕이 복도에 내리쬐었고, 그게 좋았다.

공부는 쭉 안 했다. 미래가 두렵지 않은 건 아니었다. 1년의 시간이 지난 만큼 두려움도 옅어졌다. '우리 엄마 아빠는 부자는 아니지만 사이가 좋으니까 그렇게 살 수 있다면 뭐.' 나쁘지 않다고 생각했다.

"자퇴하는 게 어떠니?"

《목민심서》를 읽고 독후감을 두 줄-솔직히 말해 저는 첫 페이지만 읽었습니다. 제가 왜 이 책을 읽어야 하는지 모르겠습니다. 돈이 아깝네요-만 써낸 날, 담임 선생님이 내 손을 잡고 말했다. 프랑스어 교과를 담당했는데 반 아이들 모두에게 상냥해 다들 좋아했다.

"싫어요"라고 답하자 선생님은 안타까운 표정을 지으며 말했다.

"너는 공교육에 맞지 않아."

그건 나도 알고 있었다. 하지만 고등학교는 나와야 한다고 생각했다. "고졸은 되어야 몸이라도 쓰고 살 수 있어"라는 아버지 말 때문이기도 했지만, 희미하게나마 1학년 담임 선생님의 예언을 다 잊지 못한 까닭이었다.

"왜 만날 여기 있어?"

그날도 복도에 앉아 있는데 1학년 때 같은 반이었던 여자아이가 물었다. 쉬는 시간이면 전여옥의 《간절히, 두려움 없이》를 읽는 아이였다.

"그냥."

"교실이 싫어?"

"넌 좋아?"

아이는 잠시 생각하더니 "복도보다는"이라고 답했다.

그리고 "이거 마실래?" 하며 내게 '스콜'을 내밀었다.

매점에서 200원인가에 팔던 종이 팩에 담긴 음료수였다.

"누가 줬는데 나는 안 좋아해서."

잠자코 받아든 나는 의자에 앉은 채 마셨다.

"나는 이 동네를 벗어날 거야."

창밖으로 비치는 맑은 하늘을 바라보며 아이는 말했다. 1학년 때 담임 선생님 말을 잊지 못하고 있는 것이다. '너도 나만큼 공부 못하잖아'라고 말하지는 않았다. 간절히, 두려움 없는 표정이었기 때문이다.

단지 표정만은 아니었는지 여자아이는 졸업 후 비행기 승무원이 되어 동네를 떠났다. 내게 자퇴를 권유했던 선생님은 그해 여름방학이 끝나고 사직하고는 이민을 갔다. 한때는 내가 자퇴를 안 해서 그랬나 싶어 죄스러웠지만, 시간이 지나 우연히 연락이 닿은 선생님은 교장 선생님과의 갈등이 문제였다고 고백했다. 나는 재수를 했고, 운 좋게 대학에 들어가 회사에 입사하며 동네를 떠났다.

고1 때 담임 선생님은 여전히 어딘가를 떠돌며 저주를 퍼붓고 있겠지. 덕분에 동네를 벗어났다는 생각도 들지만 감사하지는 않다. 학생들이 간절함도, 두려움도 필요 없이 마냥 하늘을 바라보며 스콜이나 마실 수 있는 사회를 만들지 못한 어른이 할 소리는 아니었으니까.

몽쉘

나는 오늘도 연락을 기다린다

스무 살 무렵. 2주에 한 번 성분 헌혈을 했다. 전혈 헌혈은 2개월마다 할 수 있지만, 혈액의 일부 성분만을 채혈하는 성분 헌혈은 2주마다 할 수 있어 한 달에 두 번씩 헌혈의 집에 들렀다. 이유는 몽쉘통통(지금은 이름이 바뀌어 '몽쉘')을 배터지게 먹기 위해서였다. 우스운 일이다. 써놓고도 믿기지 않는다.

사당역에 있는 이동식 헌혈의 집을 자주 이용했다. 나름 단골이었다. 그곳엔 간호사가 두 명 있었는데 한 명은 고참, 한 명은 후배인 듯했다. "학생, 또 왔네요"라고 고참 간호사가 알아보고 인사해주면 부끄러우면서도 우쭐했다. 사회에 이바지하는 느낌이었다. 실상은 몽쉘통통을 먹기 위해 오는 거라 《허삼관 매혈기》의 허삼관 꼴이었지만 그랬다.

피를 뽑는 건 후배 쪽이었다. 이쪽도 나를 알고 있어 "성분 하실 거죠?" 하고 물어오면, "네" 하고 답했다. 단골 바에 들른 오래된 손님과 바텐더의 대화 같았다. 단골 바는커녕 바에 가본 적도 없던 때지만 혼자 그렇게 느꼈다. 나 말고 손님이 없는 날은 짧게나마 대화를 나누기도 했다. 말을 꺼내는 쪽은 늘 고참 간호사였다.

"여자 친구 있어요?"

"없는데요…."

"아니 왜 여자 친구가 없어."

"재수생이라…."

"재수생이면 연애 안 하나."

"아니, 못하는 거라…."

"대학 가면 연애해요."

"하고는 싶지만…" 같은, 아무짝에도 쓸모없는 대화를 하며 피를 뽑았다. 전혈에 비해 시간이 오래 걸리는 성분 헌혈이기에 가능한 일이었다.

"골수 기증은 안 하세요?"

처음으로 후배 간호사가 물었다. 백혈병이나 혈우병, 재생불량성빈혈 같은 병으로 골수 조혈세포가 제 기능을 못하는 환자에게 건강한 골수를 기증하라는 것이었다.

"헌혈 많이 하시니까 이것도 하세요"라고 간호사는 말했다. 문득 연말연시에 텔레비전에서 골수 기증 다큐멘터리를 봤던 게 떠올랐다. 굵기가 빨대만 한 주사기를 골반인지 허리인지에 꽂아 골수를 뽑아내는데, 기증자가 몹시 괴로워하던 장면이 충격적이었다.

"그거 아프지 않나요?"라고 주저하며 되물으니 "하지만 사람을 살릴 수 있어요"라는 대답이 돌아왔다.

골수 기증은 직접 골수를 추출해야 하기 때문에 '아플까봐'라는 이유로 망설이는 사람들이 더러 있었다. 기증 서약을 하고 피기증자와 연결되더라도 기증을 거부하는 경우도 있다고 했다. 그 정도로 두려움도, 부담도 큰 일이었다. 당시 나는 수능을 망치고, 버스를 타고 두 시간을 달려야 갈 수 있는 대학에 며칠 다니다 말고 재수를 하고 있었다. 지금 생각해보면 새파랗게 젊어 기회가 많을 때지만, 당시는 자존감이 떨어질 대로 떨어져 '이미 망한 인생'이라고 확신하고 있었다. 좋은 대학을 못 갔으니 좋은 회사도 못 갈 것이고, 당연히 제대로 살 리가 없을 것만 같았다.

꾸준히 헌혈을 했던 것은 어차피 망한 인생, 피라도 의미 있게 쓰였으면 좋겠다는 생각이 없지 않았다. 그런 내가 사람을 살릴 수 있다니. 남은 인생에서 내가 어떤 노력을 해 무엇을 이룬다 한들 그 이상의 의미 있는 일은 못할 것이다. 그렇다면, 그렇다면 답은 정해져 있었다.

"하겠습니다."

나는 비장하게 말했다. 마침 헌혈도 끝이 났다. 이내 고참 간호사가 골수 기증 서약서를 들고 와 내밀었다.

"어차피 신청해도 기증받을 사람이랑 체질이 맞아야 해서 죽을 때까지 연락이 오지 않을 수도 있어요."

나를 안심시키기 위해서인지 선배 간호사는 말했다.

"저는 꼭 연락이 오면 좋겠는데요."

나는 의연히 답했다. 몽쉘통통을 두 개째 입에 넣은 참이었다.

그것이 벌써 17, 18년 전 일이다. 골수 기증은 더는 직접 뽑아내지 않고, 성분 헌혈하듯 조혈모세포만을 채취한다. 당연히 고통스럽지도 않다. 그런데도 이전의 인식 탓인지 기증자는 많이 늘지 않는다고 한다. 매년 조혈모세포 기증에 성공하는 사례는 450건이지만 기증 거부 사례는 1400건이라고 한다.

나는 오늘도 연락을 기다리고 있다.

푸딩

다 큰 어른의 디저트

"디저트에 대한 글을 씁니다"라고 말하니 "그건 애들이나 먹는 거잖아요"라고 말하는 사람이 있었다. 회의를 끝낸 뒤 커피를 마시고 있던 참이었다.

나는 물었다.

"그럼 디저트를 안 드세요?" 상대는 피식 웃으며 답했다. "다 큰 어른이 디저트는 무슨 디저트." 대화는 거기서 끊겼다. 그에게 디저트란 아마도 덜 자랐음을 상징하는 것이고, 자연히 디저트에 대한 대화는 아무런 의미가 없을 것만 같았다.

문득 엄기호 작가의 《단속사회》라는 책이 떠올랐다. 책에서는 지금의 우리 사회가 끊임없이 서로를 검열하고 편을 갈라 단속한다고 이야기한다. 그 결과 '곁'은 사라지고 '편'만이 남아 관계가 분절된다는 내용이다. 나는 그 사람과의 대화에서 머릿속에 우겨넣기만 했던 책의 내용을 새삼 이해할 수 있었다.

정보화 시대다. 모잠비크 공화국의 주요 수출품이 다이아몬드이며, 최근 전 지구적으로 소비량이 급감해 재정적 어려움을 겪고 있다는 사실을 변기에 앉아 똥을 싸는 동안에도 손쉽게 알아낼 수 있다. 마음만 먹으면 언제든지 다른 문화, 다른 사회, 다른 사람과 연결될 수 있는 세상이 된 것이다. 무엇과 연결될지 선택하는 건 개인의 문제다. 누군가는 이전까지 몰랐던 것들과 연결될 것이다. 누군가는 자신과 다른 가치관을 가진 사람과의 연결을 원할 수도 있다. 또 다른 누군가는 원래 좋아하고 비슷한, 그래서 익숙한 것들과만 연결하고 싶을 수도 있다. 몰랐던 것, 나와 다른 것을 접한 사람의 세계는 미지의 영역을 좁히고 차이를 인정하는 과정을 통해 점점 넓어질 것이다. 그러나 자신과 동류의 것만을 선택하는 사람의 세계는 확장되지 못한 채 나날이 고립될 것이다. 전자의 경우 무지를 인정하며 차이와 다름을 받아들이기 위한 고통이 수반되기에 괴롭다. 반면 후자는 끊임없이 '내가 옳았다'는 것을 반복하여 확인할 수 있으니 더없이 안락할 것이다.

나는 후자였다. 푸딩은 물론 온갖 디저트란 디저트는 모두 좋아하는—그래서 디저트에 대한 칼럼을 1년 넘게 쓰고 있는—나는, 디저트를 좋아하지 않는 사람과의 대화에서 더 이상의 관계를 단념해 버렸으니. 순서로 따지자면 그가 먼저였겠지만 '디저트를 먹는 사람을 무시하는 걸 보니 인간이 덜 됐군' 하며 나 역시 입을 닫아버린 것도 사실이다. 하지만 그래서는 안 됐다. 차이를 인정한답시고 "그렇군요" 하며 침묵을 선택해 버리는 것은 결국 그도 나도 서로의 세계를 고립시키고 마는 꼴이니까.

"푸딩을 한번 먹어봤습니다."

나는 말했다. 그는 '푸우디잉?' 하는 표정으로 나를 바라보았다.

"어릴 적에 만화로만 봐서 너무 먹고 싶었는데, 일본에 갔을 때 먹어본 적이 있습니다. 만화로 본 것과 똑같은 모양의 푸딩을 편의점에서 발견해 바로 샀습니다. 숙소로 돌아오는 동안 내내 푸딩 생각뿐이었지요. '어떤 맛일까? 먹고 나면 나도 만화 주인공처럼 행복한 표정을 지을까? 정말 그렇다면, 남은 기간 내내 푸딩을 먹어야지' 하면서요. 기대에 부푼 채 숙소에 도착해 헐레벌떡 푸딩을 꺼내 포장지를 열어 드디어 한입 떼서 물었는데, 조금 실망했습니다. 상상만큼 부드럽지 않고, 상상보다 달았습니다. 결국 반도 먹지 못하고 남겼습니다. 그때 저도 생각했습니다."

'이런 건 애들이나 먹는 거겠군.'

그는 '그럼 그렇지'라는 얼굴로 "그렇다니까요" 하고 답했다.

"하지만 그 뒤로도 꾸준히 푸딩을 먹어보고 있습니다. 세상엔 정말로 다양한 푸딩이 많으니 언젠가는 마음에 쏙 드는 푸딩을 만날 수 있지 않을까 싶어서요."

느닷없는 푸딩에 대한 나의 고백을 들은 그는 웃으며 말했다.

"푸딩 탐험가시네."

모두가 나의 편일 수는 없다. 그렇다고 내 곁에 둘 수 없는 것은 아니다. 디저트 역시 마찬가지. 모두가 디저트를 좋아할 수는 없다. 그래도 상관없다. 세상엔 다양한 사람이 살고, '디저트를 좋아하느냐 마느냐'로 평가해서는 안 된다. 물론 다른 것에서도 마찬가지다.

온
마음을
다해
디저트

초판 1쇄 발행 2019년 7월 25일
초판 3쇄 발행 2021년 11월 2일

지은이 김보통
펴낸이 이상훈
편집인 김수영
본부장 정진항
콘텐츠기획본부 김단희
마케팅 김한성 조재성 박신영 조은별 김효진
경영지원 정혜진 이송이

펴낸 곳 (주)한겨레엔 www.hanibook.co.kr
등록 2006년 1월 4일 제313-2006-00003호
주소 서울시 마포구 창전로 70(신수동) 화수목빌딩 5층
전화 02) 6383-1602~3 팩스 02) 6383-1610
대표메일 book@hanien.co.kr

ISBN 979-11-6040-275-9 03810

• 책값은 뒤표지에 있습니다.
• 파본은 구입하신 서점에서 바꾸어 드립니다.